btb
Aus Freude am Lesen

btb

29. Mai 2000

Buch

Eine atemberaubend direkte, sinnliche italienische Familienchronik über fünf Generationen, in deren Mittelpunkt Antenora steht, die Großmutter – und natürlich »die Zinkwanne«, Relikt aus vergangenen Zeiten und Ausgangspunkt der Erinnerungen. Das faschistische Italien, der Krieg und die Nachkriegsjahre sind Stationen auf dieser Reise durch die Zeit, die in unseren Tagen endet und komponiert ist wie eine Art Familienwalzer, der ertönt, bis das Lied eines langen Lebens gesungen ist. Es ist Antenoras Leben, das einzigartig ist und zugleich doch exemplarisch für unzählige Frauenschicksale: das Leben als Tochter, als Schwester, als Mutter, als Ehefrau und Witwe. Es führt aus den feudalistisch geprägten, archaischen Strukturen des Landlebens durch einige Jahrzehnte Ehe in die zunehmende Einsamkeit einer Stadtwohnung in Rom, wo Antenora inmitten ihrer Erinnerungsstücke lebt – und stirbt.

»Mit ihrem ersten Roman ist dieser Autorin auf Anhieb ein betörendes Stück Prosa geglückt, das zweifellos zum Schönsten zählt, was in den letzten Jahren aus Italien zu uns herübergedrungen ist.« Die Woche

Autorin

Margaret Mazzantini wurde 1961 in Dublin geboren und wuchs in Irland und in der Toskana auf. Nach dem Besuch der Schauspielschule begann sie eine Karriere als Schauspielerin, 1984 wurde ihr der Preis als »Beste Schauspielerin des Jahres« verliehen. »Die Zinkwanne«, ihr erster Roman, wurde mit dem »Premio Opera Prima Rappalo Carige« und dem »Premio Selezione Campiello« ausgezeichnet. Er wurde sowohl von der italienischen wie der deutschen Kritik begeistert aufgenommen.

Margaret Mazzantini

Die Zinkwanne

Roman

Aus dem Italienischen
von Viktoria v. Schirach

btb

Die Originalausgabe erschien 1994 unter dem Titel
»Il catino di zinco« © Marsilio Editori S.P.A., Venezia

Umwelthinweis:
Alle bedruckten Materialien dieses Taschenbuches
sind chlorfrei und umweltschonend.

btb Taschenbücher erscheinen im Goldmann Verlag,
einem Unternehmen der Verlagsgruppe Bertelsmann.

2. Auflage
Genehmigte Taschenbuchausgabe März 1998

Lizenzausgabe mit freundlicher Genehmigung
der Frankfurter Verlagsanstalt
Umschlaggestaltung: Design Team München
Satz: IBV Satz- und Datentechnik GmbH, Berlin
RK · Herstellung: Augustin Wiesbeck
Made in Germany
ISBN 3-442-72257-8

FÜR SERGIO

1

Ich zögerte beim Verlassen der Kapelle. Ich lehnte mich an den Pfosten der halbgeschlossenen Tür. Zwischen den Flügeln war gerade noch ein Spalt. Von draußen vernahm ich die Stimmen der anderen, die sich bereits auf dem Kirchplatz verteilten: Blutsverwandte, die sich lange nicht gesehen hatten und sich wortreich darüber ausließen, wie sehr sie einander noch glichen. Es war ein blasser Wintermorgen, schwer mit Wolken verhangen. Und doch schlängelte sich das Licht durch die schmale Schießscharte hinter meinem Rücken, durchbohrte die Schatten und entlarvte die Armseligkeit dieses andächtigen Ortes. Die Feuchtigkeit kroch aus dem Backsteinfußboden und aus den rissigen Wänden. Nur an der Decke verlor das Licht seine schneidende Grausamkeit und versickerte in dem kleinen Tonnengewölbe.

Dort lag sie, ausgestreckt unter der Kuppel, im Dunst von Kerzen, Lilien und Moder. Die leicht gespreizten Beine – sie waren so krumm, daß es nicht gelungen war, sie wenigstens anstandshalber ein bißchen aneinanderzulegen – ließen in der Mitte des Kleides eine Mulde entstehen, die den Hügel ihrer Intimität betonte.

Ein schwarzes abgetragenes Kleid, das sie noch ausgedörrter wirken ließ. Zwischen den Naphtalinkugeln in ihrem zweistöckigen Schrank war kein anderes gewesen. Schwarze Kleidung, so etwas besaß sie nicht. Sie lag auf dem Rücken, dem Nichts zugewandt; die Sittsamkeit der Hände, die sich über dem Bauch um einen Rosenkranz klammerten, reichte nicht aus, sie zu schützen.

Dabei hatte ich mir die Feierlichkeit eines großen Katafalks und das Sterben der Alten immer schon ausgemalt. Jetzt aber verlieh die dunkle Tunika der Lider, nun für ewig über die himmelblauen Augäpfel herabgezogen, dem Gesicht die Nacktheit einer Maske. Sie trug nicht einmal mehr ihre Perücke (»Hut« hätte sie dazu gesagt). Ihr Kopf war mit ihrem süßlich riechenden Kölnisch Wasser eingerieben. Unter dem Nacken verbargen sich ihre kümmerlichen, viel zu langen Haare, die ein paar Klammern aus Knochenimitat zu dem zusammenfaßten, was sie als Dutt bezeichnete. Der bittere Einschnitt des Mundes für immer verschlossen. Sie war tot, mausetot, platt reglos eiskalt.

Als ich von der Beerdigung zurückkam, stellte ich mich unter die Dusche und ließ das Wasser an mir hinunterlaufen, ich hielt die Augen offen und lehnte mich mit dem Rücken an die triefenden Fliesen. Da war sie auf einmal vor mir – in einem Lichtkegel! Auch sie nackt: Am ganzen Leib scheckig von den flimmernden Schatten der Zweige und der Blätter, lag sie am Fuße eines Waldes auf einem fauligen Bett aus Flechten und Moos. Ihr Blick war klar, ein schlohweißes Haarbüschel umgab ihr Geschlecht, das einsam und offen dalag wie ein verlassener Steinbruch. Darum herum: Insekten, Ameisen, Eidechsen. Da tauchten vor meinen Augen weißhäutige rauhe Hühnermägen auf, die man aufschlitzt, um die Maiskörner zu entfernen, und dann in der Sonne wendet, bis sie so dunkel sind wie Leber. Hühnermägen für eine Soße aus Innereien. Ich hatte angefangen zu pinkeln, das Wasser schwemmte den Urin an meinen Beinen mit weg. Ich stellte mir schon vor, wie das Meer an einem kargen Strand mich streicheln würde.

Manchmal gehe ich an ihrem Haus vorbei, und jedesmal habe ich das Gefühl, es hätte gerade geregnet. Ich weiß nicht, wer jetzt dort wohnt: Der Ort ist inzwischen wie zugemauert.

»Großmutter, mach auf, ich bin's.«

»Wer ist ich?«

»Ich.«

Als ich ein Kind war, bedeutete sie für mich Rom. Rom war das Haus der Großmutter. Trotzdem bekam ich oft Heimweh, vor allem am frühen Nachmittag, wenn sie sich zum Mittagsschlaf hinlegte. Ich ärgerte mich über diese Empfindsamkeit, der ich ausgeliefert war, aber ich konnte nichts daran ändern. In der vergeblichen Hoffnung, auf dem Hof plötzlich andere Kinder auftauchen zu sehen, ging ich auf den Balkon. Ich war an das Stadtleben kaum gewöhnt. Ich lebte auf dem Land, und dort waren die Dinge so, wie ich sie wahrnahm. Im Sommer konnte ich dort herumrennen, schreien wie eine Besessene, mich von den Stoppeln auf den Feldern zerkratzen lassen, und bei Sonnenuntergang knisterten Strohfeuer.

Ich saß auf einem Eimer und sah zu, wie die Feuer verloschen, und der Wind trug den Geruch nach verbrannten Gräsern davon. Nachts, während die Glut noch immer schwelte, betrachtete ich die Sterne und war mir meiner Grenzen nicht mehr bewußt.

Die Großmutter hingegen führte mich in die Grünanlage vor ihrem Haus im Afrikanischen Viertel, in einen düsteren Park voller hochgewachsener, kümmerlicher Bäume. Ich hatte einen dünnen Mantel an, schon ein wenig abgetragen, aber dafür mit vielen goldenen Knöpfen bestückt, an denen Großmutter einen langen rauhen Schal drapierte, der mich am Hals kratzte.

»Schling ihn dir zwei- oder dreimal herum«, befahl sie.

Schweigend – das trockene Laub knackte unter unseren Schritten – erklommen wir, ich voran und sie hinter mir, den Spazierweg. Schließlich gelangten wir zu einer Anhöhe, auf der trübsinnig und naß ein Café ohne Gäste thronte. An der zementverputzten Wand lehnte ein Stapel von Stühlen, daneben eine verrostete Blechtafel mit verblaßten Darstellungen von Eissorten.

Darum herum standen Bänke. Die Großmutter sank mit einem Seufzer der Erleichterung nieder und schlug ihre Illustrierte auf. »Bleib in der Nähe«, rief sie mir nach, während ich schon durch die Büsche stromerte. Hinter ihnen war ein kurbelbetriebenes Karussell aufgebaut, auf dem sich Miniaturpferde mit ägyptischen Augen drehten. Es war fast immer leer. Ich stellte mich davor, die Strümpfe waren mir bis auf die plumpen Schuhe gerutscht (»Die brauchst du, du gehst schief, du läufst über den großen Onkel. Bei dir sind teure Sachen doch nur hinausgeworfenes Geld.«).

Ich ließ den Rotz verschwinden, indem ich meine Nase am Mantelärmel abputzte. Auch ohne mich zu sehen, erwischte sie mich immer: »Knöpf den Mantel zu! Spürst du denn nicht, wie kalt es ist?«

Das Karussell drehte sich Runde für Runde mit der quietschenden Last der Pferdchen. Die wenigen jugendlichen Reiter hingen so auf den Kruppen, wie die Erwachsenen sie hinaufgestülpt hatten, und suchten mit im Kreis schielenden Augen die Blicke der Angehörigen, die zu flehen schienen: »Ist das nicht lustig, mein Schätzchen?« Die Schätzchen fingen an zu wimmern, wenn sich dann jedoch meine teuflischen Blicke in die ihren bohrten.

»Wir gehen!« Wenn sie das sagte, stand ich bereits völlig verschwitzt vor ihr. Sie zog das Gummiband heraus, das in meinen dünnen Haaren hing, und machte mir wieder einen Springbrunnen: eine zerzauste Haarfontäne mitten auf dem Kopf. Beim Laufen packte sie meine Hand, und ich spürte, wie sich zwischen unseren Handflächen eine feuchte, klebrige Schicht bildete. Ich folgte ihr und ließ mir meine eigenen kleinen Angelegenheiten durch den Kopf gehen. Ihr großer Körper schwankte, und sie blickte umher. Zwei schwere, müde Brüste, die einzige Spur von Weiblichkeit, lockerten ihren Anblick von vorn auf. Sonst wirkte sie auf mich wie ein Steinblock, an dem der Bildhauer zwar Gliedmaßen und Kopf herausgearbeitet hat, nicht aber den Torso.

Ihre von Überbeinen und Hühneraugen geplagten Füße, die jeden Schritt zur Qual machten, bestimmten den Rhythmus unseres Vorankommens. Trotzdem war ich stolz, an ihrer Seite zu sein. Wenn ich aufsah, genoß ich den Anblick ihres stets erhobenen Gesichts, das

Einschnitte hatte wie das Nasenbein im Porträt des blinden Guido da Montefeltro. Sie hatte keine Falten, nur ein paar ausgeprägte Furchen. Ihr Teint war rosig. Die Augenhöhlen waren mit der Zeit immer größer und bräunlicher geworden, und das verlieh ihrem lauen, hellblauen Blick eine geheimnisvolle Tiefe. Aus den Bögen der Augenbrauen ragten störrische, lange Härchen bis in ihr Blickfeld. Der Kopf war so gut wie kahl, doch schon damals zierte ihn der Perücken-Hut.

Wieder zu Hause, steckte sie mich unverzüglich in die Zinkwanne. Feucht vom Dampf, mit wirrem Haar, bearbeitete sie mich energisch mit einem harten, von heißem Wasser triefenden Schwamm.

»Halt doch still! Los, dreh dich um, du kleines Hinterteil! Nun mach schon!«

Mit dem auf der Heizung brettig gewordenen Handtuch rieb sie meine roten, noch ganz seifigen Hinterbacken ab.

»Raus jetzt, vorsichtig, nur nicht spritzen ...

Manchmal ließ sie mich, in das steife Tuch gewickelt, in der Wärme des Badezimmers zurück und schleifte die Zinkwanne hinter sich her zum Balkon. Sie riß die Glastür auf und warf sich in der Eiseskälte auf alle viere, um den Boden zu scheuern (mit »diesem schönen Seifenwasser«), die ringförmigen Ablagerungen der Blumentöpfe wegzukratzen, dort draußen in ihrem Lager von alten Kisten, Flaschen mit eingemachter Tomatensoße, Plastiktüten, Schrauben, Muttern, Wasserhähnen, Bindfäden, Zeitungen, Wurzelballen von Basilikum – und den alten Schlappen!

»Jeden Tag werf ich sie weg, diese alten Schlappen, die

nach ranzigem Schmalz riechen, aber nachts finde ich keine Ruhe. Ich träume, daß sie noch ganz bequem sind, und dann wache ich auf, und mir tun die Füße weh, die ich oben auf die hintere Kante des Bettes gelegt habe. Ich schau auf die Uhr, es ist noch nicht sechs, und bevor die Müllabfuhr kommt, laufe ich auf die Straße und hole mir die Schlappen wieder. Wie eine Diebin schleiche ich mich hinaus, denn ich habe immer Angst, daß mich jemand sieht und denkt: ›Die arme Alte, die da in den Abfällen wühlt!‹ Dann wasche ich die Dinger und stelle sie aufs Fensterbrett und freue mich ...«

Auch ihre »Juwelen« verwahrte sie bei all dem Gerümpel auf dem Balkon und verbrachte dann Stunden damit, sie wieder zu suchen.

»Warum wirfst du denn nichts weg, Großmutter?« fragte ich.

»Nein, mein Kind, denn es könnte ja passieren, daß ich aus Versehen sogar ein Schmuckstück wegwerfe. Nichts wird weggeworfen, alles kann noch einmal nützlich sein! Hier an der frischen Luft stören mich diese paar Siebensachen doch nicht! Und außerdem ist es ein sicherer Ort; wenn ein Halunke bei mir einsteigt, dann schnüffelt er bestimmt nicht auf dem Balkon herum, wo ihn alle sehen!«

»Aber Großmutter, das würde doch sowieso keiner wagen! Wenn ein Räuber kommt, dann bringst du ihn um und brätst ihn im Ofen mit ein paar Speckschwarten ... Du scheußliche alte Hexe!«

»Scheußliche was?«

»Ja, du bist eine scheußliche alte Hexe ... Wie die vom Faravioletto!«

Die Großmutter lachte und lachte, sie konnte sich gar nicht mehr beruhigen: »Ach Gott, ach Gott! Und du kleiner Schweinigel, was weißt du denn davon?«

»Was soll das heißen, was ich davon weiß? Jetzt verstell dich nicht so. Du hast sie mir doch selbst erzählt, die Geschichte vom Faravioletto ...«

Es war einmal eine böse, schmutzige Alte, deren Kleider so lang waren, daß sie über den ganzen Boden schleiften. Sie hielt sich eine junge Magd, die von morgens bis abends arbeitete, ohne je zu rasten. Eines Tages verspürte diese Magd ein dringendes Bedürfnis, aber die Alte paßte auf wie ein Luchs. Also kauerte sich die Magd beim Abstauben einen Moment lang hin und machte auf die Erde wie ein Hund. Als die Alte diesen schönen, duftenden Haufen mitten im Zimmer fand, wurde sie fuchsteufelswild und rief sofort das ganze Dorf zusammen, um die Magd anzuprangern. Einer nach dem anderen befragte das Würstchen mit der Locke – die eben Faravioletto genannt wurde – mit den Worten: »Würstchen mit dem Faravioletto auf dem Kopf, sag mir, wer hat dich geschissen?« Und es antwortete immer gleich: »Geh nur weiter, du warst es nicht!«

Im Laufe der Prozession wurde die Magd immer röter und zitterte immer mehr, während die Herrin, die in ihrem alten ramponierten Stuhl zusammengekauert saß, die Szene genoß. Als jedoch das Mädchen mit seiner zaghaften Stimme die Frage stellte, entließ das Würstchen es mit der üblichen Antwort. Unter den Versammelten stieg ein Gemurmel auf. Die Alte, die befürchtete, daß das Häufchen nur zu schüchtern sei, ging ganz nahe zu ihm hin, um es zu hätscheln, und fragte mit zuckersüßer Stimme: »Häufchen, mein Häufchen mit dem Faravioletto auf dem Kopf, sag mir, mein Liebling, wer hat dich geschissen?« Da setzte es mit einer fürchterlich tiefen Stimme an und raunzte: »Du, du häßliche alte Hexe!« Und die Alte wurde gründlich verprügelt.

»Siehst du, wie das böse Weib reingefallen ist ...« lachte die Großmutter. Dann wurde sie wieder ernst: »Nein, mir kommt kein Dienstmädchen ins Haus!«

Nach dem Tod ihres Mannes lebte sie allein, und das wurde mit den Jahren immer problematischer für ihre Kinder. Sie war immer noch stark, voller Energie, aber bisweilen kam es vor, daß eines ihrer leicht ergrauten Kinder sie auf einen Sprung besuchen wollte und sie geistesabwesend auf der Bank in der Diele antraf, das Korsett unter den Kleidern offen, in der einen Hand ein Reibeisen, in der anderen ein Paar Socken. »Wovor fürchtest du dich, glaubst du, wir verprügeln dich?« fragten die Kinder. »Nein, nein, wie kommt ihr denn darauf!« antwortete sie dann. »Am Sonntag komme ich gern zu euch, aber dann geht jeder wieder seiner Wege ... Hier bestimme ich, ich tue, was ich will ... Wenn ich essen will, esse ich ... Wenn nicht, lege ich mich ins Bett.« Die Kinder neckten sie immer: »Gib's doch zu, du hast einen Verehrer ...« Und sie: »Viel zu viele hab ich davon, viel zu viele ...«

Sie log nicht. Einer hatte ihr direkt im Treppenhaus einen Antrag gemacht, während er ihr half, die Einkaufstüten hochzutragen: »Gnädige Frau, vereinen wir doch unsere Einsamkeiten, werden wir einer dem anderen eine Stütze für das Alter.« Sie hatte ihn nicht einmal einer Antwort gewürdigt: »Entschuldigen Sie bitte, Sie verstehen schon ...« Und hatte die Tür hinter sich zugemacht. Sie konnte sich gar nicht mehr beruhigen, so empört war sie: »Auf mich willst du dich stützen?! Und ich soll dich wohl in meiner Wohnung aufnehmen ... Damit du mir dann womöglich noch krank wirst! Der reinste Wahnsinn«, schimpfte sie vor sich hin.

»Wenigstens jemand, der dir Gesellschaft leistet, Mama ... Eine ältere Frau, jemand Solides, der dir im Haushalt hilft«, so versuchten es die Kinder immer wieder. Aber auf diesem Ohr war die Großmutter völlig taub: »Ich glaube, ihr habt sie nicht mehr alle!« herrschte sie sie an. »Ich soll mir noch eine Alte ins Haus holen? Ja, wozu denn?« Personal war in ihren Augen sinnvoll gewesen, solange es noch eine Matratze, eine halbe Lira am Sonntagnachmittag und jede Menge Dankbarkeit gekostet hatte. Jede Menge! »Aber heute, wo die soviel verdienen wie ein Gymnasiallehrer, da sei Gott vor ...«

Wenn sie ihre Freundinnen besuchte, starrte sie verwundert deren hölzerne Gesellschaftsdamen mit ihren doppelreihigen Perlenketten an, und sie erschienen ihr vornehmer als die Arbeitgeberinnen. »Die läßt sich bestimmt alles vererben«, dachte sie. Wenn ihr jemand die Tür öffnete, und es war kein Italiener, war sie völlig außer sich. »Sind wir denn verrückt geworden? Ich soll mir womöglich auch so einen Moslem ins Haus nehmen? Nicht einmal dann, wenn man mich dafür bezahlen würde. Nein, nein, mein Kind! Du brauchst gar nicht zu lachen«, rügte sie mich, »das ist kein böser Wille, aber wer weiß, was diese Leute für Gewohnheiten haben?«

Ihre Freundinnen hingegen hatten solche exotischen Gefährten wirklich nötig. Sie lebten in einem Zustand von schafsmäßiger Ergriffenheit, immer ein verängstigtes, dümmliches Lächeln auf den Lippen. Wahrscheinlich stammten sie aus einem ganzen Hühnerstall kichernder Mädchen mit herzförmigen, niederträchtigen Mündchen. Sofort danach waren sie – fünf Finger auf jeder Hüfte – zu verschlagenen Klatschbasen geworden. Zu Hause: Quälgeister für ihre Männer, Nervensägen für ihre Kinder. Dann kürzeres, lilafarbenes Haar, ein paar Rettungsringe, um die Taille auszupolstern, und Rommé und Canasta. Und dann ist es schon soweit. Morgendämmerung, glitzernde Augen auf dem Kopfkissen. Die Vorhänge zurückziehen und nichts mehr draußen erkennen. Kirchenbänke blanksitzen und, die Hand auf die Brust gelegt, nur noch das Geraune des eigenen Lebens überwachen.

Nicht so Großmutter. Sie hatte sich nicht überrumpeln lassen. Wohlgenährt und jovial lächelte Papst Johannes auf das Bett hinab; in der abgeschlossenen Schublade des Nachttischchens lag jedoch *Schweine mit Flügeln.* Die anderen Alten buhlten um ihre Freundschaft, und sie ließ sich hofieren. Ganz besonders gefiel es ihr, daß diese Alten wohlhabend waren: »Gediegen, wirklich gediegene Leute«, sagte sie. »Richtige Damen, wie ich . . .«

Am Sonntagnachmittag ging sie gewöhnlich (nachdem sie ihren eiskalten Schmuck vom Balkon hervorgekramt hatte) mit ihnen aus, um mit abgespreiztem kleinen Finger in einer Bar in der Via Veneto schlückchenweise Kaffee zu trinken. Manchmal nahm sie mich mit: »Du sprichst nur, wenn das Huhn pißt!« Sie unterhielten sich über Dienstboten, Alarmanlagen und Thermalkuren. Interessiert beobachteten sie die Scharen von Somaliern, Maghrebinern und Eritreern, die an Festtagen mit ihrer ganzen Schönheit die Straßen bevölkerten. Mit gerunzelter Stirn musterten die alten Damen sie von ihrem Posten hinter der flatternden Tischdecke, auf dem Gehsteig vor der Bar. Großmutter folgte der Unterhaltung, indem sie mit dem Kopf nickte, und wand nur selten den Blick von der vorbeiziehenden Menge. Weit ausholend deutete sie mit dem Zeigefinger auf eine Inderin mit einer seidenen Schleppe über der Schulter: »Das ist bestimmt eine Prinzessin!«

Ich beobachtete Großmutters Freundinnen. Der rücksichtslose Widerschein der Sonne beleuchtete die Poren ihrer Haut unter den Flecken schlecht verteilten Puders und den Lippenstift, der an den Falten rings um die Lippen hochgekrochen war. Ich ließ meine Serviette unter den Tisch fallen und tauchte hinab, um sie aufzuheben. Dort unten, zwischen den verrosteten Tischbeinen, gab es altmodisch geschnittene Nerzmäntel, verformte Knöchel in Stützstrümpfen und den Geruch nach alter Frau.

Zweimal im Jahr veranstaltete Großmutter eine Teegesellschaft. Ich kam schon ein paar Stunden früher, um ihr bei den Vorbereitungen zu helfen. Zuerst entstaubte ich die zum guten Service gehörenden Tassen und polierte die Silberlöffel, die in der samtgefütterten Schachtel schwarz angelaufen waren. Dann breiteten wir gemeinsam die im Kreuzstich bestickte Leinentischdecke aus, und erst im allerletzten Moment arrangierte sie kleines Gebäck aus einer Schachtel auf den goldumrandeten weißen Porzellantellern. Die Prozession der abgestandenen Alten nahm ihren Anfang; sie wankten aus dem Aufzug und auf die Wohnungstür zu. Noch bevor sie läuteten, kündigte ein Gebimmel von Gold und Anhängern sie an wie Schellen eine Kolonie von Leprakranken.

Nach und nach deckten immer mehr Damenmäntel den Kleiderständer zu. Ich stand hinter ihnen und half beim Striptease der buckligen Rücken mit, und meine Nase sog kraftvoll die Vielfalt dieser greisen Gerüche ein. Die ersten, die das Eßzimmer betraten, waren immer die Zwillinge: zwei vollkommen verkalkte Achtzigjährige, deren Ähnlichkeit nur in einer gewissen tierhaften Gier ihrer Gesichtszüge zum Ausdruck kam. Fiore, pummelig, klein, mit einem platten, von geplatzten Äderchen geröteten Gesicht, rötlichem Haar, wäßrigen Augen, unter denen zwei große, wie Hahnenkämme gefächerte Tränensäcke lagen und die zu nah an der kleinen, aber dafür dornförmigen Nase klebten, erinnerte an einen Spatzen. Flora, ihre Schwester, ließ an ein anderes Federvieh denken. Die Kleider schlotterten um ihren spindeldürren Körper, das unebene, scharfe Gesicht wurde von einem rabenschwarzen Haarschopf eingerahmt, der an den Schläfen anlag, dann jedoch sofort die Flucht nach oben antrat, als wolle er das Hervorragen der schnabelartigen, schwammigen Nase ausgleichen. Ihre lange Chenillestola legte sie nie ab, und während sie stolz einherschritt, erschien sie wie das bewegliche Porträt eines Falken oder eines Königsadlers.

Die Damen nahmen am Tisch Platz, die Decke bekam Teeflecken, die Kekskrümel verklemmten sich in den Hohlräumen der Kunststoffprothesen und lugten bei jedem Lächeln hervor. Der scharfe Blick des Königsadlers war nur Bluff; ich merkte es, als sie eine Praline, die ich ihr angeboten hatte, in den Mund steckte, ohne das Papier abzumachen. Mir fehlte der Mut, es ihr zu sagen. Ich sah zu, wie sie energisch lutschte, um das Stanniolpapier aufzuweichen. Aber sie spürte, daß ich noch hinter ihr stand, drehte sich um und schluckte schnell alles auf einmal hinunter: »Danke, meine Liebe, für mich keine mehr«, sagte sie. Dann schob sie die Zungenspitze hervor, um sich den Schokoladenschnurrbart abzulecken, und lächelte mich an: »Aber sie schmecken sehr gut, weißt du, mit Nüssen …«

Dann gingen sie wieder. Ich stellte die Tassen zurück ins Büfett. Die Kristallschale kehrte auf ihren Platz auf dem Tisch zurück. Es war ausgemacht, daß ich bei der Großmutter schlafen würde. Die vielen Damen hatten in der Wohnung eine Stille zurückgelassen, die uns jetzt bedrückte. Das waren die Momente größter Einsamkeit: Das Licht machte sich schnell davon aus dem Wintertag, aber es war noch zu früh, um ins Bett zu gehen, und nach einem so gehaltvollen Gebäckgelage war auch das Abendessen überflüssig geworden. Ich ging in die Diele, um nachzusehen, ob in der Zinnvase noch ein »Moretto« mit Nougat übriggeblieben war. Alles, was ich fand, war Staub, dazu ein alter Nagel und ein Gummiband. Ich setzte mich auf den Hocker und schaute auf die geschnitzte Kuckucksuhr vor mir mit ihren zwei Tannenzapfen-Pendeln unten an der Kette. Sie blieb stumm. Jahrelang hatte ich jede Stunde auf das Erscheinen dieses schwarzen Kuckucks gewartet; dann war die Uhr eines Tages kaputtgegangen, und die Großmutter hatte sie nicht mehr reparieren lassen. »Kuckuck, Kuckuck, es ist kein Winter mehr, der Mai, zum Lied des Kuckucks, hält seine Wiederkehr. Kuckuck, Kuckuck ...« Es war jedoch noch Winter, nach sieben Uhr, und die Heizung war abgedreht. Es war kalt.

Ich ging wieder hinüber und beobachtete heimlich die Großmutter in ihrem Schlafzimmer. Kahlköpfig saß sie vor dem Spiegel. Die Perücke hing neben ihr, mit einer großen Nadel an einen Kopf aus Polystirol geheftet. Großmutter erfrischte ihren Kopf mit einem Wattebausch voll Kölnisch Wasser, und in dem Zimmer herrschte ein Geruch nach verfaulten Blumen. Als sie mich im Spiegel bemerkte, drehte sie sich um. Der Wattebausch in ihrer Hand war schwarz, sie ließ ihn in den Papierkorb fallen. »Hast du gesehen, wie alt meine Freundinnen sind? Mein Gott, wie heruntergekommen sie aussehen!« Sie knipste die schneeglöckchenförmige Glaslampe auf ihrem Schreibschrank aus, und ihr Blick suchte bereits nach ihrer Illustrierten. Sie ging durch das Zimmer und setzte sich zum Lesen in ihren Sessel neben dem Bett.

»Großmutter, gibst du mir die Knöpfe?« Als sie aufsah, fiel ihr im Halbschatten ein Lichtschein hinter mir auf: »Hast du drüben das Licht ausgemacht?« Ich mußte noch einmal ins Eßzimmer gehen und das Licht ausknipsen. Es war schwach, denn sie hatte den größten Teil der olivenförmigen Glühbirnen in dem Kronleuchter herausgedreht. Mir graute vor der dunklen Wohnung. Zur Sicherheit tappte ich mit ausgestreckten Händen vorwärts. Ich ertastete das zweifach abgeriegelte Schloß der guten Stube. Ich fürchtete mich vor der Ritze unter der Tür, vor ihrer Fortsetzung in jenem unerreichbaren, verbotenen Zimmer. Nur den abgestandenen Geruch der Wohnung erkannte ich wieder, hier lebte sie in ihrem alten Körper, und die Fußböden hatten ihr nacktes Ding unter dem Hemd gesehen, wenn sie nachts aus dem Bett schlüpfte, um zu pinkeln.

Die Großmutter hatte mir von mißhandelten kleinen Mädchen erzählt, die in einen Brunnen geworfen worden waren. Die dunklen Flecken des Blutes und der Erde von dem gerasterten Zeitungsfoto breiteten sich immer weiter aus in meinen Augen. Sie zeigte mir diese grausigen Artikel, um mein Mißtrauen zu schärfen. »Du darfst niemandem trauen! Niemals!« schrie sie. Dann, ganz leise: »Wenn du wüßtest, wer mich belästigt hat! Darauf kommst du nie!« Sie wirkte auf mich so alt, und ich konnte es mir wirklich nicht vorstellen: »Wer denn, Großmutter? Wer?« Sie machte die Augen zu, als wollte sie den allzu schrecklichen Bildern dieser Erinnerung entkommen.

Da war ich wieder. »Ich hab's ausgemacht. Gibst du mir jetzt die Knöpfe?« Aus einer alten Blechschachtel holte sie zwei alte, zugeknotete Strümpfe hervor, die prall mit Knöpfen gefüllt waren. »Aber laß sie nicht fallen, sonst finde ich sie beim Aufkehren in allen Ecken wieder, und dann muß ich mich bücken.« Ich wollte zum Bett gehen, doch ihre Stimme hielt mich zurück: »Nicht dort! Man setzt sich nicht aufs Bett! Setz dich auf den Teppich.« Ich kauerte mich auf den Boden und spielte mit den alten Knöpfen, die aus Tuch waren, aus bedrucktem Stoff, aus Knochen, aus Plastik, aus Perlmutt, gewölbt, vergoldet, versilbert. Es kam auch vor, daß ich einen ganz verbeulten Metallknopf mit dem Liktorenbündel fand oder einen mit dem Profil Mussolinis mit einem Stahlhelm auf dem Kopf und dem energischen Kinn. Dann fragte ich sie.

»Das sind Knöpfe von damals«, sagte sie.

»Großmutter, zeigst du mir den Ehering vom Duce?«

Sie zeigte mir ihren von einem schwarzen Metallring eingeschnürten Ringfinger. Damit ich ihn besser sehen konnte, schob sie den goldenen Ehering ein wenig zur Seite; sie hatte ihn sich nach dem Krieg selbst geschenkt.

»Der ist aber häßlich, Großmutter ... Schneidet er dir nicht ins Fleisch?«

Sie antwortete mit einem tiefen Seufzer. Der schwarze Reif enthielt das ganze Leid jener Jahre. Und doch hatte sie ihn nie ablegen wollen.

»Entschuldige, aber warum hast du deinen richtigen Ehering denn nicht einfach behalten? Bei all dem Gemetzel hätte das doch niemand bemerkt ...«

Sie hörte mich nicht mehr, sie hing ihren eigenen Gedanken nach. (»Wie viele Fehler!! Wie viele Fehler! Dieser Trottel könnte immer noch dasein ... Er hat sich hereinlegen lassen ... Du lieber Himmel! Wie einen Hasen haben sie ihn aufgehängt ... Alle haben sie ihn mit Steinen beworfen, aber was hatte denn Claretta mit dem Ganzen zu tun?! So eine Schande! So eine Schweinerei!«) Jetzt las sie in einer Frauenzeitschrift eine Fortsetzungsserie der Memoiren von Donna Rachele. Sie setzte sich die Brille wieder auf, die sie auf den Knien vergessen hatte: »Ach, sei du doch still, sei still! Was weißt du schon, spiel lieber, spiel du nur …«

Die Knöpfe wanderten einer nach dem anderen wieder in die Strümpfe zurück. Ich war müde. Die Großmutter stand auf, um nachzusehen, ob die Schweißblätter ihres guten Kleides, das sie draußen gelüftet hatte, inzwischen getrocknet waren, und hielt mir dann meinen Schlafanzug hin: »Zieh dir den an, dann gehen wir fernsehen, nur ein paar Minuten, bis uns die Augen zufallen.«

Im Eßzimmer flimmerte auf unseren dem Bildschirm zugewandten Gesichtern jenes kalte Licht. Um uns herum drängten sich die Möbel, die von den verschiedenen Umzügen der Familie übriggeblieben waren: ein Tisch mit Kristallplatte und an der Wand die dazugehörige Anrichte mit passenden Messingbeinchen, wie die einer fetten Frau auf Zehenspitzen (auf der Abstellfläche eine Ansammlung von alkoholischen Getränken: China, Alchermes, Mistrà, Marsala, Fernet, Gineprino – die zuckrige Melasse rings um die verstaubten, klebrigen Verschlüsse), dann die Stühle aus dunklem Holz, ein einzelner gepolsterter Stuhl und ein großer Sessel unter einem alten geblümten Bettüberwurf: Papas Sessel. Darin saß die Großmutter in sich zusammengesunken und brummelte über ihrem Rosenkranz. Ich wiegte mich daneben auf einem Stuhl, bis sie mir wachsam eine Hand auf den Schenkel legte: »Nicht kippeln, sonst geht er kaputt.«

Eines Abends beim Fernsehen verdüsterte sich ihre Miene, und mit einer plötzlichen zornigen Geste ging sie hin und stellte das Gerät ab. Aufgebracht lief sie durch das Zimmer und verschob alle Gegenstände, die ihr unter die Hände kamen: die Nippes, die Heiligenfiguren, den Nußknacker. Und da ich ihr dort, wo ich saß, im Weg war, ließ sie auch mich aufstehen.

»Such mir meine Brille! Bück dich, unter Papas Sessel ... Ist sie da?«

»Nein, Großmutter ... Du hast sie auf der Nase.«

»Ach so!«

Mit beiden Händen rieb sie ihr erhitztes Gesicht, als wolle sie etwas Lästiges loswerden. Dann ließ sie ihrem Ärger freien Lauf: »Die Sexualität! Jetzt haben sie die Sexualität!« Diesen Wutanfall hatte ein äußerst gesittetes Programm über die Entdeckung des Eros durch die junge Generation ausgelöst. Eine mausgraue, vollkommen unverfänglich aussehende Ärztin hatte von der Klitoris gesprochen, als handle es sich um die Mandeln. »Die Sexualität! Die Sexualität!« rief Großmutter immer wieder, den Mund voller Verachtung. Instinktiv zog ich wie zum Schutz meinen kleinen Geschlechtsmuskel zusammen. »Als ich ein junges Mädchen war, wenn mich da ein Mann auch nur mit einem Finger berührt hätte ...« Die Worte reichten ihr nicht mehr. Noch einen Moment, und es würde Beschimpfungen hageln wie in einem Puff.

Sie biß sich auf die Lippen, um das Unaussprechliche nicht auszusprechen. Sie behalf sich mit Gesten. Einen Hieb landete sie dort, mitten zwischen den mit alten Bettlaken verhängten Möbeln. Zack, zack! Wie ein Haudegen schwang sie ihren imaginären Säbel durch die Luft, ihren Mangel an Männlichkeit, ihre Obsession! Zack! »Aufgespießt hätte ich den! Aufgespießt! Saukerl!« Die vage Vorstellung, die ich von männlicher Nacktheit hatte, ließ mich sie mir wie bei den Schimpansen vorstellen, die sich das Geschlechtsteil reiben und dann brüllend losrennen, um die ganze Welt in einem Penetrationsdelirium zu besitzen. Dann verschwand sie im Bad. Ich hörte, wie das Wasser lief: Die Großmutter machte sich für die Nacht fertig.

Im Schlafzimmer zog sie sich mit dem Rücken zu mir aus, wobei sie auf einem der beiden Zwillingsbetten saß, die durch ein Nachttischchen und eine Leselampe getrennt waren: ein goldenes Engelchen, das pausbäckig den Lampenschirm über seinen Flügeln anlächelte. Mit Augen, die über den Rand des umgeschlagenen Bettuchs schauten, sah ich in dem milchigen Schein die Kraft ihres Rückens – wie der einer alten Kriegerin –, ihre unglaublich glatte Haut. Sie beugte sich zur Seite, um unter dem Kissen nach dem Nachthemd zu tasten, und ich ahnte ihre schweren Brüste, ihre breiten, aufgerissenen Brustwarzen. So legte sie sich auch hin, sie warf sich seitlich mit einem einzigen Ruck aufs Bett und zog die Beine mit, ohne sie auszustrecken. Regungslos lag sie da: ein Dickhäuter, jenseits dessen ich nichts mehr sehen konnte. Sie rief mich zu meiner letzten Pflicht: »Hast du gebetet?« Dann löschte sie das Licht. Im Dunkeln hörte ich, wie ihr Gebiß in das Wasserglas plumpste. Es war Nacht.

Oft, wenn ich die verschlossene Tür der Abstellkammer betrachtete, dachte ich an die Träume der Großmutter. Dort drin hatte sie im direkten Übergang vom Schlaf zur Geste des Wünschelrutengängers mitten in der Nacht unter Haufen von abgelegten Kleidern auf mysteriöse Weise verlorengegangene wertvolle Gegenstände wiedergefunden, etwa ihre Brille oder die kleine neapolitanische Kaffeemaschine.

»Es kommt vor, daß ich weiß Gott wieviel Zeit damit verschwende, in der Wohnung herumzusuchen. Tage vergehen, manchmal auch Monate, und dann – in der Nacht, im Traum – meldet sich ein Stimmchen: ›Hast du schon in der Rumpelkammer nachgeschaut, hinter dem dritten Zeitungsstapel, unter der Lazzaroni-Keksschachtel mit den Fotos und den Briefen, im Werkzeugkasten? Das Ding, das du suchst, ist dort.‹ Und ich gehe hin und finde es. Jetzt sag du mir, wer es dorthin getan haben kann? Ich bestimmt nicht, es sei denn, ich wäre verrückt geworden ... Und das scheint mir nicht der Fall zu sein!«

»Aber Großmutter, wer ist denn diese Stimme?«

»Das sind meine kleinen Freunde, die mir helfen und sich manchmal auch einen Spaß erlauben ...«

»Sind das dieselben von ›Faß meinen Buckel an‹?«

»Ja, genau die.«

»Erzählst du mir das, Großmutter, den Traum vom Buckel?«

»Der arme Papa war gerade gestorben, und ich war spät eingeschlafen, voller Unruhe. Da spüre ich eine Hand, hier, an der Schulter, und sehe Papa hinter mir stehen, in Begleitung eines Buckligen. Die Stimme sagt: ›Faß meinen Buckel an, aber faß ihn richtig an.‹ Im Halbschlaf nehme ich mir vor, am nächsten Tag diese Zahlen im Lotto zu spielen. Aber am nächsten Tag vergesse ich vor lauter Traurigkeit und über allem, was zu tun ist, zu spielen. Es war Sommer, und die Kinder und ich fuhren nach Ostia ans Meer. Ich will mich umziehen, und an der Umkleidekabine lehnt ein Buckliger. Da fällt mir auf einmal ein, daß ich Lotto spielen muß. Aber es ist so heiß, und ich gehe zum Strand, um mir die Füße zu kühlen. Aus dem Wasser wirft mir eines meiner Kinder einen Ball zu, ich fange ihn auf und werfe ihn zurück. Doch der Wind ist zu stark, und der Ball landet auf einem, der gerade den toten Mann spielt. Der Mann steht auf und geht ans Ufer – es ist der Bucklige! Da ziehe ich mich in Windeseile an und renne zur Lottoannahmestelle. Ich spiele: den Todestag von Papa, sein Alter, den Toten, der spricht, dann noch etwas, woran ich mich jetzt nicht mehr erinnern kann, und den Buckligen. Am Samstag werden dann doch tatsächlich das Alter von Papa, sein Todestag, der Tote, der spricht, und das andere, was ich vergessen habe, gezogen, aber der Bucklige ist nicht dabei, und so habe ich nur vier Richtige. Ich gehe nachsehen und entdecke, daß die Zahl, die mir für fünf Richtige gefehlt hätte, für ›Buckel‹ steht. Und nicht für Buckliger. Verstehst du?! Die Stimme hatte gesagt: ›Faß mir den Buckel an, aber faß ihn richtig an!‹«

2

Rom, neunzehnhundertunddrei.

»Papa, mit dieser Kappe gehe ich nicht mit Euch aus dem Haus, Ihr seht ja aus wie ein Rabe!«

»Aber sie paßt mir doch so gut, mein Kind! Wenn du dich schämst, geh du voran auf der Straße und tu so, als würdest du mich nicht kennen; ich gehe hinter dir wie ein kleiner Diener, das macht mir gar nichts aus, glaub mir.«

Es ist ein weißer Morgen. Ein kleiner Mann mit einem langen schwarzen Cape geht hinter einem Mädchen mit mattblondem Schopf her. Das ist Großmutter. Sie laufen schweigend, ihre Schritte immer abwechselnd im Gleichklang, die verlassene Straße entlang. Es riecht nach frischem Brot, und plötzlich ist da das Geräusch von rasselndem Eisen: Im ersten Geschäft wird der Rolladen hochgekurbelt. Vor dem Tor der Grundschule übergibt der Mann dem Kind die Schultasche, dann beugt er sich zu ihm hinab und streichelt sein kaltes kleines Gesicht. Die Schule ist noch völlig leer, und das Mädchen geht direkt ins Klassenzimmer. Dort sitzt sie ganz brav, zieht die Schleife ihrer Schürze glatt und bemerkt beim Hinuntersehen einen Schlammspritzer, der ihren Schuh befleckt. Mit dem Zeigefinger voller Spucke reibt sie darüber. Sie denkt: »Wenn mein Papa kein Lehrer wäre, könnte ich am Morgen ein bißchen länger schlafen. Aber nein! Wir müssen die Schule aufsperren, wie ein Hausmeister …«

Der Lehrer ist inzwischen bei dem Gymnasium angekommen, an dem er unterrichtet, nur ein paar Schritte von der Schule seiner Tochter entfernt. Sorgfältig hat er sein Cape im Schrank des Lehrerzimmers auf einen Kleiderbügel gehängt. Er wirft einen letzten Blick auf die Hausaufgaben, die er daheim bereits zweimal sorgfältig korrigiert hat. Mit kindlicher Freude geht er sie durch und reibt sich dabei die noch klammen Hände. Im Zimmer herrscht ein Geruch nach altem Staub, nach Tafel und Kreide, nach Heften, nach verschwitzten Kindern. Der abgestandene Geruch nach Schule, der die Nacht über gärt und in der Frühe Ekel erregt. Er geht zum Fenster, dreht den schweren Griff und lehnt sich übers Fensterbrett hinaus, um durchzuatmen. Er bröselt das schwärzliche Ende eines Zigarrenstumpens ab und steckt ihn sich an, wobei er mit den Händen eine Art Höhle um das Küchenstreichholz bildet. Große Rauchwolken ziehen durch den Raum, als er sich vom Fenster abwendet. Während er die Stühle an den Tisch rückt, singt er vor sich hin: »Bum-bum, bum-bum«, und freut sich, daß der Tag beginnt. »Bum-bum«, und er streicht mit kurzen, präzisen Bewegungen die Jacke glatt. Er wartet, daß seine Kollegen eintreffen. Das Privileg, der erste zu sein, ist in seinen Augen eine Schwäche, die ihm im Lauf der Jahre immer unentbehrlicher wird.

Fast unvermittelt füllt sich das Klassenzimmer, und für jeden Neuankömmling hat er einen eigenen Gruß, ein freundliches Wort. Beim zweiten Läuten läuft er in einem Strom von Schülern den Korridor entlang. Seine Hände bedenken die kurzgeschorenen Köpfe mit flüchtigen Klapsen. Hinter dem Katheder, auf dem Podest, wird seine Figur majestätischer. Ein paar Minuten lang beugt er sich suchend über seine Aktentasche, dann erscheinen die Hausaufgaben in einem einzigen Packen. Im Raum wird es ganz still. Er rückt die Brille auf der Nase zurecht und hebt den Kopf: In den Bänken sieht er all die jungen Gesichter voller Erwartung, noch gezeichnet vom hastig abgewaschenen Schlaf. Sein Herz geht auf vor Dankbarkeit für soviel Bangen: »Guten Morgen, Kinder. Setzt euch nur, setzt euch.«

Am Monatsende übergibt der Lehrer sein ganzes Gehalt seiner Frau. »Nimm, Monda«, sagt er, »sorge du für die Kinder. Ich selbst brauche nichts.« Sie beklagt sich immer, daß es so wenig Geld ist, und unwirsch läßt sie es schnell in ihren Röcken verschwinden. Am Sonntag bittet er sie immer um zwei Münzen für sein Laster: an der Zigarre zu lutschen, die er vorsorglich immer kalt im Mund stecken hat, um sich die Vorhaltungen seiner Frau zu ersparen. Monda ist auf dem Balkon und sieht genüßlich den Spaziergängern zu. Sie sitzt und fächelt sich zu, unter dem Kleid hat sie die Beine gespreizt. »Du mit deinen Zigarren, immer diese Zigarren ...« Und sie gibt dem Lehrer die beiden Münzen.

Monda läßt überall anschreiben, und wenn sie sich aufregt, beschuldigt sie das Dienstmädchen, etwas gestohlen zu haben: ein Schmuckstück, das auf der Truhe lag (und das sie in Wirklichkeit bereits ins Pfandhaus gebracht hat), oder auch bloß eine Handvoll Mehl aus der Vorratskammer. Wenn sie ausgeht, trägt sie ihre auffallenden zerknitterten Kleider und ihren Festtagshut, auf dessen Krempe tatsächlich ein ausgewachsener Vogel sitzt, der sich gleich in die Lüfte schwingen wird. Sie fährt den Corso in einer gemieteten Kutsche auf und ab und hält das kunstvolle Gebilde fest. Eines Abends kehrt sie mit einer Kette heim, die soviel wert ist wie ein Monatsgehalt des Lehrers, und dreht sie immer wieder um den Hals. Er sagt nichts dazu. Er nimmt sie stets in Schutz, vor allem vor den Töchtern, die – wie keiner sonst in der Familie – unter den Launen der Mutter zu leiden haben: »Laßt eure Mutter in Ruhe, sie weiß schon, was sie tut.« Monda ist völlig verblödet. Stundenlang steht sie vor dem Spiegel und betrachtet hingerissen ein Detail ihres Gesichts, das unter der Starrheit ihres Blickes immer größer wird.

Um eins kommt der Lehrer nach Hause und setzt sich zum Zeitunglesen in seinen Sessel, während der Hunger in seinem Magen grollt. Aus der Küche dringen mit dem Tellergeklapper die Streitereien der Töchter zu ihm.

»Du gehst jetzt den Wein holen!«

»Nein! Ich war schon zweimal unten, ich habe keine Lust, die Treppen noch einmal zu steigen.«

Er steht auf und geht hinüber, um des lieben Friedens willen: »So ein Lärm nur wegen einer Flasche Wein! Dann gehe ich eben, ich schnappe gern ein wenig frische Luft vor dem Essen, das regt den Appetit an. Was gibt es denn Gutes, Monda?« Dabei beugt er sich ein wenig über die Schwelle, um die Dämpfe zu schnuppern.

»An Gutem gibt es so gut wie nichts.«

»Bum-bum, bum-bum«, nimmt er die Flasche und geht. Großmutter läuft ihm mit einem Stück senffarbenen Küchenpapier hinterher: »Nehmt das, Papa, wickelt die Flasche darin ein. Es schickt sich nicht, daß ein Lehrer so auf der Straße gesehen wird, mit einer Flasche in der Hand!« Der Vater lächelt: »Aber Kind, was macht das denn, wer achtet schon auf mich?« Sie gibt nicht nach, baut sich vor ihm auf und läßt ihn nicht vorbei. Sie ist die größte, sie hat schon alle Ticks einer Frau, und unter den Kleidern kann man bereits ihre Brüste ahnen. Zwei ordentlich geflochtene Zöpfe teilen ihr Haar in der Mitte und halten ein vorwitziges Gesicht frei. Sie kann sich nicht abfinden mit diesem Lehrervater, der so genügsam und zurückhaltend ist. Er scheint sich absichtlich so zu geben. Er grüßt immer als erster, und nicht nur den Rechtsanwalt Minestrini, sondern auch den Hausmeister oder den Bäcker, jeden beliebigen Menschen! Und jetzt auch noch mit der Weinflasche in der Hand! Was würden denn da die Leute denken ...

»Nein, Papa, so geht Ihr nirgendwohin.«

»Und wer will mir das verbieten? Mein Töchterchen?«

»Ja, ich, genau.«

Sie reißt dem Vater die Flasche aus der Hand, wickelt sie gut ein und gibt sie ihm zurück. »Bum-bum, bumbum«, jetzt ist der Takt unregelmäßiger: Der Lehrer dreht sich um, wendet sich zur Tür, und – bum! – läßt er los. »Oh, wie schade! Die Flasche ist mir aus der Hand gerutscht!« Der Krieg zwischen Vater und Tochter ist erklärt. »Das macht nichts, Vater, in der Küche gibt es jede Menge Flaschen. Ich hole Euch eine andere.«

Auch die zweite Flasche wird mit der papierenen Verkleidung in die Hand des Lehrers gelegt und gesellt sich zu den Scherben der ersten in der Diele, hinter der Bank und dem Schirmständer. Zehn Flaschen läßt der Lehrer auf diese Weise mit einem spitzbübischen Lächeln zerschellen. Großmutter schließt sich, rot wie ein Apfel, im Schlafzimmer ein. Durch die Lamellen der Fensterläden hat sie die Straße im Blick. In der Haustür zeigt sich, noch vor dem Vater, das Korbgeflecht einer schönen Zweiliterflasche, deren grünes Glas sich sogleich mit schimmernden Sonnenstrahlen füllt.

Nein, auf dem Kopf herumtanzen läßt sich der Lehrer von niemandem. Von seinen sechs Kindern, vier Jungen und zwei Mädchen, ist dieses hochmütige und dickköpfige Geschöpf ihm das liebste. Manchmal gibt er ihr nach, aber nicht immer. Er regiert, ohne sich jemals die gute Laune verderben zu lassen. Er ist ein Sonderling, sanftmütig, aber unnachgiebig.

Und wegen seiner Sturheit (dieser etwas dumpfen Dickköpfigkeit, die unter der dünnen Decke von zur Schau gestellter Toleranz lauerte) fand er sich jetzt als Lehrer in einem staatlichen Gymnasium wieder, als Ehemann dieser Frau mit dem üppigen Körper und dem wäßrigen Verstand und als Vater eines ganzen Hühnervolkes voller Bedürfnisse. Als er noch ein Junge war, hatte ihn der einzige Weg, der nicht wie alle anderen Pfade seines ciociarischen Heimatdorfes an der Burg endete, in ein fernes Seminar geführt, wo er zum Priester ausgebildet werden sollte. Stunden der Langeweile: die Heilige Schrift, die Doktrin der Kirchenväter, Hieronymus, Augustinus, Bonaventura. Aber auch weltlichere, herrliche Stunden: Horaz, Vergil, Tacitus ...

Bei den Prüfungen schnitt er als der Beste ab, so daß ihm die kleine finanzielle Unterstützung zugestanden hätte, die jedes Jahr als Preis für den verdientesten Seminaristen ausgesetzt wurde. Der Rektor ließ ihn rufen und teilte ihm mit der eindringlichen Stimme des tüchtigen Seelsorgers mit, daß der Preis an einen anderen Seminaristen ginge, der nach ihrem »heiligen Urteil« weniger verdienstvoll, dafür aber bedürftiger war. Ob der andere wirklich so mittellos war, wußte der Lehrer nicht; er kannte nur seine eigene Situation und die seines Bruders, der Schweinehirt war. Das erlittene Unrecht nagte innerlich an ihm. Diese wohlgefüllten Kutten zeugten von allzu irdischen Interessen, um Jesu Christi würdig zu sein. Die Kerzen, der Weihrauch, der ekklesiastische Schatten, von all dem hatte er genug. Hals über Kopf räumte er die Seminaristenzelle, in der er so eifrig studiert hatte, und ging in sein Dorf zurück. Er zog seine Berufung zurück und legte das Staatsexamen ab, um Lehrer für Literatur zu werden. Alles andere kam dann von allein: die Begegnung mit Monda, der Umzug nach Rom – wo er als Sieger für die ausgeschriebene Stelle hervorging – und die Geburten der Kinder.

Darüber denkt er manchmal nach, wenn er am Abend vor dem Essen noch ein wenig draußen auf dem Balkon bleibt. Da das Leben diesen Lauf genommen hat, ist er jetzt hier. Andernfalls wäre der Blick, den man von hier oben von der Stadt hat, niemals der Gefährte seiner abendlichen Melancholie geworden, zusammen mit der Brise, die immer um diese Zeit aufkommt und ihm die wenigen Haare quer übers Gesicht weht, in Richtung der Koteletten. Er denkt an die Dinge, die schon seiner harrten, lange bevor er hierherkam, als er noch ein Junge war und gar nichts von ihrer Existenz wußte. Er sieht seinen Arm auf dem Geländer, und es ist ihm, als habe ein anderer ihn dort liegenlassen.

Im Sommer kehren der Lehrer und seine Familie in das Dorf zurück, das einsam in der Gluthitze daliegt, auf eine Bergkuppe geschmettert und umgeben von Tälern voller Stoppelfelder und anderen, ockerfarbenen, mit frisch gepflügter Erde. Es riecht nach wilden Brombeeren und Minze, nach Sonnenblumen und Oliven.

Es ist die heißeste Zeit des Tages. Das Meer mit seinem frischen Windhauch ist weit weg, ja, es scheint nicht einmal mehr zu existieren. Die Schwüle verdichtet die Luft und verwandelt sie in eine träge, milchige Masse. Großmutter schleift das Gewicht ihrer Schwester den steilen Hügel hinauf, das Mädchen ist kleiner und jünger: eine nicht sehr willensstarke Schwester, mit der sie keineswegs zufrieden ist. Die Augen der Kinder werden trüb von der Hitze, sie füllen sich mit flimmernden Kreisen. Beide haben ein Geldstück bekommen. Großmutter hat ihres in das lächelnde Maul der Sparbüchse gleiten lassen: Am Ende des Jahres wird sie wie immer ein Täschchen oder eine Haarspange mehr haben als ihre Schwester, die sie verwundert nach dem Grund fragen wird, voller Neid und Verlangen. Und dann wird Großmutter ihr altklug erklären: »Erinnerst du dich nicht, wie jede von uns ein Geldstück bekam und du sofort losgelaufen bist, um es auszugeben, so brannte es dir auf der Hand?«

Gebückt klettern sie – mit möglichst langen Schritten, die Anstrengung erst auf ein Bein konzentriert, dann auf das andere – bis zu einem Torbogen. Dort gibt es eine Tür mit rostigen Scharnieren, die von großen, ins Holz geschlagenen Nägeln gehalten werden. Dahinter ist ein Laden mit Gewürzen, Süßigkeiten und Trockenfrüchten. Ein armseliges Angebot: Kornsäcke, die auf dem Fußboden schlummern, und unter einem Küchenhandtuch einige spärliche Kuchen voller Walnüsse und Haselnüsse. Eine Alte mit vielen Röcken und von schweren Ohrringen zerfurchten Ohrläppchen läßt vor den wachsamen Mäulchen der beiden Schwestern eine prallvolle Tüte auf die schwarze Waagschale fallen. Später, im schmalen Schatten einer Traufe, lacht Großmutter und verschlingt die Trockenfrüchte, die sie mit dem Geld der kleineren Schwester bezahlt haben.

Großmutter verschlingt auch ganze Zitronen, einschließlich der Schale. Ihr kleiner Bauch wölbt sich und wird hart. Stundenlang sitzt sie auf dem Klo, um sich auszuruhen, sie denkt nicht an die Kacke, die nicht herauswill, sondern an ihre kleinen Sorgen. Mit rotgeränderten Pobacken läuft sie zur Mutter.

»Mama, jetzt habe ich schon seit so vielen Tagen nichts gemacht. Ich habe das Gefühl, ich platze.«

»Die Frucht fällt vom Baum, wenn sie reif ist«, tönt Monda. Und dann: »Zieh dich an, man sieht ja dein ... Gib acht, daß du immer gut eingepackt bist. Denk an das Mädchen, dem sich aus Versehen eine Harke dort hineingebohrt hat, wo sie nicht hingehört, und das jetzt ein Loch hat ..

Großmutter beobachtet heimlich hinter den Büschen

ihre Brüder und die Dorfjungen, die im Stehen pinkeln. Sie beneidet sie um die Kühnheit, mit der sie ihren Zipfel in einen Springbrunnen verwandeln, während sie sich verstecken und ihren Hintern von Unkraut zerkratzen lassen muß. Sie denkt: »Vielleicht gibt es noch eine zweite Erbsünde, nur für Frauen, und deshalb wächst bei uns der Schwanz nicht nach außen, sondern bleibt drinnen verschluckt ... und macht uns schmutzig.« Als sie die ersten Blutflecken in der Unterhose entdeckt, geht sie zur Mutter und läßt sich Spiritus geben, um sich zu desinfizieren. »Ich habe mich verletzt«, sagt sie. Monda reicht ihr einen Lappen, ohne Erklärung.

Die Mutter geistesabwesend zu sehen, in Gedanken verloren, ist nichts Neues: Aber im Dorf dauert ihr Schweigen immer länger an. Hier, an den Orten der Jugend, bricht der Glanz alter Erinnerungen über die Mutter herein, bis er sie völlig verschlingt. Die vertrauten Gerüche verfolgen sie – als wären die Wände durstige Schwämme – bis in das Schlafzimmer, in dem sie, auf dem Bett liegend, Zuflucht sucht, die Hände vor den Augen. Früher hatte Monda einen geliebt, der nicht der Lehrer war, und er war auch nicht so sanftmütig. Er, der Lehrer, hat sie geheiratet, ohne viel zu fragen. Er hat diese wunderliche Frau genommen, die nicht mehr ganz jung war und soviel größer als er. Großmutter hat etwas über die alte Liebe der Mutter erfahren, während der Kirchweih, die mitten im Sommer stattfindet.

Es ist Abend. Eine Musik kommt von fern, aber sie betäubt die Sinne. Monda steht neben der Durchgangstür am Ende des großen Saals; ihr Haar ringelt sich in ihrem Nacken, der feucht ist von der Hitze. Sie öffnet die Elfenbeinstäbchen des Fächers, um sich in aller Ruhe Luft zu verschaffen, denn die Wärme hat sie ganz durchdrungen. Sie hat gegessen und getrunken wie die anderen, aber jetzt, wo allen der Atem schwerer geworden ist, stimmt das Kommen und Gehen der Leute sie traurig. Am liebsten würde sie in den Garten gehen und unter dem Mistelbaum frische Luft schöpfen. Ein Koloß von einem Mann geht auf sie zu und streift sie fast, gerade in dem Moment, als ihr Blick über die Köpfe schweift, um hinauszuspähen. Als sie den Mann bemerkt, ist es bereits zu spät: Er hat sich vor ihr aufgepflanzt und rührt sich nicht vom Fleck. Himmel, dieselbe anmaßende Art wie früher, die schwarzen, nach hinten gekämmten Locken kaum mit Weiß bestäubt, und ein Gesicht, das mit den Jahren noch eindrucksvoller geworden ist!

»Wie geht es Euch, Donna Ramonda?« fragt er und blickt ihr dabei unverschämt direkt in die Augen. Sie senkt, anders als vor vielen Jahren, nicht den Blick. Sie erwischt ihren Körper, bevor er sich verflüssigen kann, und richtet sich auf. »Gut, gut«, antwortet sie. Die Stimme ist Spucke, die aus einer Höhle des Grolls fließt. Sie fordert ihn heraus, bis er vor ihr zu Asche wird.

Diesmal ist er es, der, noch bevor er geht, den Kopf senkt, als suche er etwas. Großmutter überwacht ihre Mutter von fern: Der Fächer schlägt wie wild in ihren Händen, um das Pochen eines Herzens zu übertönen, auf das alter Haß und Begierde einstürmen.

Bei Anbruch der Dunkelheit schlüpft Monda oft durch ein schwarzes Türchen und verbarrikadiert sich zu einem lebhaften Schwatz mit der unverheirateten Nachbarin. Von Zeit zu Zeit sieht sie nach den Töchtern, die sie mitgenommen hat und die draußen auf der Gasse Hüpfen spielen. Erst wenn das Fräulein eine Flasche Rosolio und zwei winzige Gläser aus dem Küchenschrank holt, tauchen die Mädchen auf und werden mit Aniskringeln bewirtet. Die Hände des Fräuleins duften nach Hefeteig: geschickte Hände, die in einer großen Familie vom Stall zum Herd, vom Herd zum Nähzeug geflogen wären. Statt dessen ...

In einer Nacht vor vielen Jahren hatte sie vom Balkon aus mit ihrem Liebsten unten auf der Straße geturtelt. So groß war die Glut jenes Geturtels, so groß ihre Liebe, daß sie nicht bemerkten, wie der Schnee zu fallen begann. Bis sie beim Morgengrauen schließlich zu ihm sagte, er solle gehen, bevor die Männer mit ihren Mulis auf die Felder gingen. Da merkte er, daß er sich nicht mehr zu rühren vermochte: Der Schnee hatte ihn zugedeckt. »Das kann nicht sein! Das kann nicht sein!« riefen die beiden Verliebten immer wieder. Aber es gelang ihm einfach nicht, sich aus jenem fleckenlos weißen Griff zu befreien, und sie konnte ihm dort unten auch nicht helfen. Um ihn nicht so sterben zu lassen – unter dieser Decke begraben –, mußte sie in ihrem eigenen Haus nach Hilfe rufen, und ihr Vater und ihre Brüder gingen hinaus zum Schneeschaufeln. Dann kamen sie, mit der Schippe über der Schulter, schweigend wieder herein. Doch im Dorf begann man zu reden. In den Ecken, in den Häusern, in den Läden fragten sich die Leute, ob in jener Nacht oder auch in anderen der Verliebte nicht vielleicht hinaufgeklettert war in das Zimmer der Schamlosen, bis in ihr Bett. So viel wurde geredet, daß die Liebe schließlich schmolz wie der Schnee. Und das Balkonfenster des Fräuleins schloß sich für immer.

Während sie an dem Rosolio nippten, gedachten die beiden Freundinnen der schönen Zeiten, als alles noch in Ordnung war. Und sie, die diesen Gentleman vor seinem Sarg aus Schnee bewahrt hatte, raunte: »Was für Liebschaften, Ramondina, was für Liebschaften ...«

Monda, Monda! Wie viele Erinnerungen in jenem gewundenen Dorf zu Füßen der Burg. Früher einmal hatte es ihr und ihren Schwestern gehört. Das Wappen ist noch da, an dem alten Palazzo der Familie an der Seite des Dorfplatzes. Aber inzwischen sieht sie nicht mehr hin, wenn sie vorbeikommt. Sie folgt nur den Rinnen zwischen den Pflastersteinen und läßt die Beine laufen. Sie glaubt fast, ihn noch auf der Terrasse zu sehen, ihren Vater, Don Sauro Cerquaglia: die tiefen Falten zwischen den dichten Brauen, das Auge ein Spalt unter dem Lid, der gezwirbelte Schnurrbart. Das war seine Art, die Welt von fern zu betrachten, sie zu ertragen.

Morgens stand er spät auf und schätzte es, im Garten zu frühstücken, die hausgebackenen Hefebrötchen auf die weiße Tischdecke geschüttet. Schon während dieser ersten Mahlzeit, bei der er vor sich hin furzte, um sich von den nächtlichen Gasen zu befreien, behielt er die Metzgerei auf der anderen Straßenseite im Blick. Dann schickte er das Dienstmädchen los oder bestellte auch selbst von dort oben aus – ein lauter Pfiff auf zwei Fingern, der einen blutbefleckten Gesellen herauskommen ließ – vier oder fünf Spannen Ochse, aber zart: »Nur bis dahin, wo das Vieh die Fliegen mit dem Schwanz wegwedelt!«

Er liebte fettes Essen, und er setzte sich dazu gern allein an den gedeckten Tisch. Seinen sieben Töchtern wiederum lag nichts daran, mit ihm zu essen. Sie waren alle »Saueräpfel«, olivfarben, mager und aufmüpfig, eine Plage, die sich in seinem Haus breitgemacht hatte. Sie vor seinen Augen jeden Tag ein wenig mehr verschimmeln zu sehen, das war seine Strafe. Nichtsdestoweniger wollte er sie um sich haben, sie mußten neben dem Tisch stehen, ihm zusehen, wie er aß, und ihm nachschenken.

Eine verlor er, die zarteste, seinen Liebling, und er beweinte sie lautstark im Eßzimmer bei geschlossenen Fensterläden. Für einen Augenblick unterbrach seine Tochter Monda, die ihm mit spitzen Fingerknöcheln auf die Schulter klopfte, diese geräuschvolle Zerknirschung: »Papa, der Fisch.« Auf der Schwelle war inzwischen ein Männlein erschienen, das aus Ehrerbietung nicht wagte, sie zu überschreiten. »Die beste! Die beste von ihnen hat mich verlassen!« haderte Don Sauro und warf den Kopf hin und her wie ein wildes Tier. Das Männlein schob unterdessen, ganz Teilnahme an diesem Schmerz, der das Haus erschütterte, lautlos die Holzkisten mit seiner Ware vor sich her: Barben, Brassen, Oraden, Hechte, alle mit roten aufgerissenen Kiemen.

Einen Spaltweit öffneten sich die Hände Don Sauros, in die er seine feuchte Schnauze vergraben hatte, und mit einer Geste ließ er seine Tochter ihr knochiges Becken beiseite räumen, das ihm den Blick versperrte. Unter Schluchzern begann er mit seiner Bestellung: »Zwei Kisten mit Barben, noch einmal so viele zum Fritieren und dann noch eine Handvoll.« Der Fischhändler schob geschäftig seine Kisten hin und her. »Die allerbeste war sie!

Die allerbeste! Sagt mir, daß es nicht wahr ist ... Sagt es mir!«, so schwankte der arme Vater einmal in die eine, einmal in die andere Richtung der Runde von Verwandten, die zu seinem Trost herbeigeeilt waren – und jetzt, im Vorgeschmack dieses lukullischen Mahles, noch viel verständnisvoller wurden. Alle blickten auf die Fische: dic silbergefleckten Rücken, die dunkleren, rosigen der Brassen, die hellen, wabbeligen Bäuche. Mit ekstatischer Erregung verfolgten sie die sicheren Handbewegungen des Fischhändlers, denn von solchen glitzernden Tierchen hatten sie bisher in ihrem Leben nur sehr wenige zu Gesicht bekommen: In ihrer Gegend wußte man nicht einmal, in welcher Himmelsrichtung das Meer lag.

Don Sauro rührte sich nicht vom Fleck. Nur während der unvermeidlichen Unterbrechungen des Schluchzens (bei denen er die Nüstern ein wenig mehr als nötig blähte) sog er den Duft ein, den die Kisten verströmten. Von Rührung gepackt, erweiterte er seine Bestellung: »Was ist das da? Kleine Dorsche? Und was ist da noch drin?« Die Verwandten freuten sich herzlich über sein Interesse, und die Stimmen der kleinen Schar, die sich um den Fisch gebildet hatte, überboten sich gegenseitig mit Erklärungen und Ratschlägen. Doch der Untröstliche ließ sein Leid nur noch lauter ertönen: »Die beste war sie! Jesus, mein Herr, warum hast du sie mir genommen?« Und im Zimmer wurde es wieder still.

Mit leichten Schultern und gefüllten Taschen lief der Fischhändler die Stufen des Palazzo Cerquaglia hinunter. Bald würde es Mittag sein. Es war ein heißer Tag. Das Summen der Fliegen verdichtete sich über den Kisten. Don Sauro nahm seinen Mut zusammen, zog das

Taschentuch aus der Hosentasche hervor und wischte sich das Maul ab: Die Stunde des Weinens war beendet. Dies verkündete er feierlich, mit gesenktem Kopf, die Fäuste auf dem Tisch: »Für uns geht das Leben leider weiter!«

Das Rauschen eines Rocks unterbrach die Stille in der Küche, die an diesem gramvollen Morgen blitzblank vor sich hin schlummerte. Das Dienstmädchen eilte ins Wohnzimmer zu seinem Herrn, um die Anweisungen fürs Mittagessen entgegenzunehmen. »Heute«, begann Don Sauro, »ist ein Tag großer Trauer, und deshalb möchte ich kein Fleisch auf dem Tisch und auch nicht die Hasensoße, nach der du riechst.« Das Dienstmädchen wurde rot. »Das Essen soll so mager sein wie diese kleinen Dinger da.« Der trostlose Ausdruck, mit dem der Herr das Wort »Dinger« aussprach, paßte ziemlich schlecht zu der Üppigkeit der Kisten, derer sie sich sofort annahm. Gebückt unter dem Gewicht, schleppte sie sie in die Küche, ohne auf die glasigen Augen zu achten, die sie von unten her anstarrten. Bei ihrer letzten Tour rief der Herr sie zu sich, ganz nah, um sie ein wenig zu piesacken. »Die Frittura schön trocken«, ordnete er an. »Und in die Suppe ...« Er ließ den Satz offen, damit das Mädchen ihn beendete. Dieses jedoch starrte ihn vor Angst, etwas Törichtes zu sagen, wie benommen an, bis er es schließlich erlöste: »Den Drachenkopf. Denk daran, der Drachenkopf! Der gibt erst den Geschmack.«

Don Sauros Grundbesitz ließ sich nicht mit Blicken umfassen, nicht einmal vom höchsten Punkt des Dorfes aus. Um alles Land, das ihm gehörte, aufzusuchen, brauchte man mehrere Tage und ein tüchtiges Maultier. Allerdings hatte er nie Lust, ins Tal hinunterzugehen, um auf seinen Gütern nach dem Rechten zu sehen. Er blieb lieber auf der Terrasse seines Herrschaftssitzes und sog Dünste ein: den nach rußigem Kupfer, den nach unter der Asche schwelender Glut, den nach Stallmist, der an den Schuhen der Bauern klebte und auf die Straßen geschichtet war wie Rinde; jener unverwechselbare Geruch nach Dorf, der für ihn Kindheit bedeutete und ihn zum Träumen brachte.

»Daß ich bloß kein Tellerklappern höre«, sagte er zum Dienstmädchen und zu seinen Töchtern, wenn er sich gleich nach dem Essen zum Mittagsschlaf aufs Bett legte. Die Stiefeletten aus eingefettetem Leder erwarteten ihn, mit einer Bürste aufgefrischt, beim Aufwachen schon vor der Tür. Dann zog er seinen Anzug aus braunem Samt an und machte sich auf zu seinem täglichen Spaziergang. Mit seiner breiten Hutkrempe, den Daumen in der Westentasche, schlenderte er herum und frotzelte mit den verschiedenen Grüppchen von Männern auf dem Dorfplatz; später saß er dann an einem Tischchen des Cafe La Pace und bestellte sich einen Marsala.

Wenn das Bargeld langsam knapp wurde und die Vorratskammer ihn nicht mehr mit angemessener Fülle empfing, rief er seinen Verwalter zu sich. Zunächst ließ er sich von dessen Berichten über die finanzielle Lage der Güter langweilen: neues Saatgut, mehr Arbeitskräfte fürs Dreschen, ein Tier, das krank geworden war. Der Verwalter kannte zwar den Grund, warum der Herr ihn gerufen hatte, aber er hoffte trotzdem immer auf ein Einlenken, eine Wiederkehr – zumindest in abgeschwächter Form – der besonnenen (übertriebenen!) Sparsamkeit, die die Familie Cerquaglia über Generationen ausgezeichnet hatte. Die beiden kannten sich von klein auf. Er, der ein wenig älter war, hatte den jungen Herrn mitgenommen zum Eidechsenfangen oder in den Schweinestall, wo sie den Säuen beim Herumwühlen zusahen. Auch später behandelten sie einander mit derselben Vertrautheit, mit der sich die Tiere am Arsch beschnüffeln. Er liebte Don Sauro und dessen Ländereien. Der Schmerz über den bevorstehenden Ruin raubte ihm den Schlaf und ließ ihn tagsüber schuften wie einen Tagelöhner; er fluchte über die Dunkelheit, die ihn auf den Feldern überraschte. Aber all seine Mühe war umsonst; was gebraucht wurde, war ein wenig gesunder Menschenverstand; und gerade der fehlte Don Sauro.

Und da ist es auch schon soweit: Des Gejammers überdrüssig, kommt er zur Sache. Er will nur einen Rat von dem Verwalter: Welches Stück Land soll er denn diesmal am besten verkaufen – einen Obsthain oder eines von diesen Hangstücken mit den schiefen Olivenbäumen, deren Früchte sowieso meist im Tal landen, irgendwo im Dornengestrüpp. Der Verwalter widerspricht ihm nicht, aber Ratschläge hat er auch nicht für ihn. Die unbequemeren Ländereien sind bereits verkauft. Übriggeblieben sind nur brachliegende Äcker, noch nicht urbar gemacht, aber trotzdem weich, fruchtbar, beinahe Gärten. Und für die man, so wie sie jetzt sind, weniger als die Hälfte ihres Wertes bekommt. Ihm bleibt nichts anderes übrig, als Abschied zu nehmen und sich zurückzuziehen, in rasender privater Trauer über den Verlust von etwas, woran nur er allein hängt.

Don Sauro befreite sich von einem kurzlebigen Schuldgefühl, indem er zu Hause herumwütete. Dann, ein paar Tage später, rief ihn der Notar der Familie zu sich, um den Kaufvertrag abzuschließen. Bei der Lesung der Verträge (mit den Details: wie viele Hektar Land, in welcher Gegend sie lagen, die natürlichen Grenzen wie Flüsse oder Wälder) hatte er das Gefühl, Wasser zu verkaufen, so unbekannt und fremd war ihm das alles. Und er mußte sich beherrschen, um nicht mit dem Lachen herauszuplatzen.

Im Dorf sagt man: »Der eine verdient das Geld, der andere behält es, und der dritte verpraßt es.« Er war unbestritten ein Vertreter der sorglosen dritten Kategorie und verpraßte genußvoll den Reichtum, den seine Sippe angehäuft hatte. Die Töchter sahen ihn dafür scheel an: Ihre Aufgabe würde es sein, die Mottenlöcher in der Dekoration vergangener Feste zu stopfen und die Fassade aufrechtzuerhalten. Wie Monda, die in ihren Kleidern schwamm, seit diese große Liebe sie ausgemergelt, ja ausgerechnet ihre besten Teile ausgezehrt hatte, verblühten auch die anderen Schwestern. Sie gingen selten aus und trödelten lieber im Haus herum, wo sie große Damen spielten und sich mit den alten Sachen ihrer Mutter verkleideten, die praktisch immer schon tot gewesen war. In allerhöchstes Entzücken versetzte sie jedoch ein Hut mit zwei breiten scharlachroten Samtbändern, die unterm Kinn zusammengeschlungen wurden, um den sie sich erbittert stritten. Nur die Stockschläge des Vaters gegen die Schlafzimmertür, hinter der sie wie in Klausur lebten, konnten sie zur Ruhe bringen.

In seinen Augen waren seine Töchter ohne Unterschied die Ursache seiner Leiden. Er behauptete, die Bedrängnis dieser Jungfernschaft, die auf seinen Schultern lastete, würde die Verdauungswinde aus ihm herauspressen und seinen Magen verätzen. In Wirklichkeit handelte es sich um Koliken, ausgelöst durch übermäßige Nahrungsaufnahme, insbesondere von Unmengen von Löwenzahn und angebratenen Innereien, von denen er gar nicht genug bekommen konnte. Er legte sich aufs Bett und krümmte sich, die belegte Zunge vor die wissenden Augen seiner hoch aufgeschossenen Sargnägel gestreckt, die sich mit Kräutern auskannten und einen Aufguß zur Linderung der Flammen in den väterlichen Eingeweiden zubereiteten.

Don Sauros Hauptsorge war, die Töchter zu verheiraten, damit sie ihm nicht mehr zur Last fielen und statt dessen einen anderen quälten. Der Ordnung nach hätte er zuerst Restituta unterbringen müssen, die Älteste, die unbeugsam ledig – die anderen und ihre zaghaften und wenig leidenschaftlichen Bewerber bremste. Der Vater war sich noch im Zweifel, ob sie die widerspenstigste und verrückteste seiner Töchter war – sicher war er sich dessen nur am Morgen, wenn Restituta so auftauchte, wie sie ins Bett gegangen war, mit thymianhonigfarbenen Haaren, die sich hochrankten, um weiß der Himmel welche Welle nachzubilden. Eines allerdings wußte er mit Sicherheit: daß sie die älteste von allen war. Fast vierzig. Er beschloß, dieser Qual ein Ende zu machen, suchte nach einer Lösung und fand sie. In heimlicher Eintracht mit dem Gemeindediener schmälerte er Restitutas Daten im Einwohnerregister um zehn Jahre. Am Höhepunkt dieses wiedergefundenen Frühlings quartierte er sie in einem nahe gelegenen Dorf bei einem verwitweten Polizeihauptmann ein. Als der arme Tor den Betrug entdeckte – sie selbst gestand es ihm und bog sich dabei vor Lachen –, war die Ehe bereits geschlossen, und ihm blieb nichts anderes übrig, als Restituta zu behalten.

Der einzige Fehler des Hauptmanns war eine gewisse Eitelkeit, die durch seine Uniform noch geschürt wurde. Ansonsten war er ein umgänglicher Mensch und hatte einen guten Charakter. Er fand sich bald mit seinem Schicksal ab und auch mit der Tatsache, daß er mit dieser Bohnenstange keine Kinder haben würde. Er behandelte sie gut, in der Hoffnung auf eine Prise Dankbarkeit. Nichts Großartiges, nur die üblichen Aufmerksamkeiten, die eine Frau einem Gatten widmet: ihm etwas zum Essen vorzusetzen, ihm die Jacke so auf den Garderobenständer zu hängen, daß sie keine Falten bekommt. Weit gefehlt! Sie benahm sich wie eine enttäuschte junge Braut. Immer sauertöpfisch, mit Leichenbittermiene, zog sie sich tagsüber nicht einmal an, sondern hockte in ihrem Zimmer wie eine keusche Jungfrau und schoß erst abends heraus, böse wie eine Teufelin. Der Hauptmann kochte vor Wut über sein welkes Gespons, und er jammerte: »Ihr habt kein Geld in eurer Familie, dein Vater, dieser Gierschlund, hat alles aufgefressen, und mich habt ihr hereingelegt ... Mädelchen!« Er stöberte sie in ihrem Versteck auf: »Aber der Hanswurst hat keine Lust mehr! Pack deine Sachen, jetzt geht's zurück in den Palast!« Mädelchen lachte erregt und klatschte in die Hände. Sie kreischte vor Lachen.

Nachdem die erste der Cerquaglia-Schwestern verheiratet war, fand der Lehrer, daß die Zeit gekommen war, seinem Herzen Ausdruck zu verleihen. Manierlich und inbrünstig bat er Don Sauro um die Hand seiner Tochter Ramonda, in die er vernarrt war, seit er sie zum erstenmal gesehen hatte. Bei einem Spaziergang in der frischen Abendluft, nach einem Tag über den Büchern, war ihm der Kopf wie durch Zauberei leicht geworden, als er den Blick zu einem offenen Fenster des Palazzo Cerquaglia hob: ein Hut mit zwei scharlachroten Samtbändern um ein anmutiges, unbewegliches weibliches Profil, vielleicht vor einem Spiegel. Gerade in diesem Augenblick hatte Monda sich umgedreht und den unbekannten Bewunderer mit einem stolzen, undurchdringlichen Blick niedergestreckt.

Don Sauro jedoch sagte nein, er solle sie sich aus dem Kopf schlagen. Daß der Lehrer studiert hatte, war ihm egal. »Mit Büchern deckt man keinen Tisch!« sagte er. Für ihn war dieser Bewerber ein Bauernsohn und der Bruder eines Schweinehirten. Dabei hätte er gut daran getan, beide Augen zuzudrücken, der gute Cerquaglia. Bis auf den Palazzo gehörte ihm nichts mehr, Monda war nicht mehr jung, ohne Mitgift, und man redete über sie. Der Lehrer wußte vieles nicht, er war mehrere Jahre fort gewesen, im Priesterseminar. Und wie das Dorf jetzt wetteiferte, um ihn über den jungen Mann mit dem Lockenschopf zu unterrichten, der die schönste der Cerquaglia-Töchter viele Kilos gekostet hatte. Er mied jedoch die Tische des Café La Pace, um nicht in Versuchung zu geraten, dem Gerede Gehör zu schenken: Er war kein Freund von Klatsch. Noch dazu hatte gerade diese schiefgelaufene Liebesgeschichte Monda mit einer ekstatischen Entrücktheit erfüllt, wie keine andere Frau sie besaß. Zwei Schleier von Traurigkeit waren auf ihren Augen haftengeblieben: Es sah aus, als täte die Welt ihr leid. Für diese Entrücktheit liebte er sie.

Aber auch sie wollte ihn von ganzem Herzen, diesen gebildeten Mann mit dem einladenden Lächeln und den zarten Händen, der nie nach Essen roch. Die Jahre vergingen, und Monda war sich klar über ihre Lage, zu Hause vor dem Spiegel und auf den Straßen des Dorfes, wo die Blicke der Lästermäuler sie verspotteten.

Eines Nachts brannten sie durch. Eine ungeschickte und wenig romantische Flucht. Beim Rennen stolperte sie über ihr Schultertuch, und er rollte ihr nach. So geschah es, daß sie sich zum erstenmal nahekamen. Als er sie umarmte, bemerkte der Herr Lehrer ihre zu hoch angesetzten stämmigen Hüften, ein Indiz für ihr fortgeschrittenes Alter. Und Monda erschien ihm weniger ätherisch. Sie streifte unabsichtlich über sein schweißbedecktes schütteres Haupt und wich beim ersten Kuß zurück.

Sie flohen ins nächste Dorf, in das Haus jener älteren Schwester, die auf so listige Weise verheiratet worden war. Restituta lebte inzwischen eingeschlossen in einer Vorhölle von Tagträumen. Ihr Kopf schwebte so leicht durch die Luft, als würden Federn in ihrem Gehirn herumwirbeln. Mit Hilfe dieser Federn löste sie sich von der Gegenwart und kehrte ins Halbdunkel des Palazzo Cerquaglia zurück, zu den Verkleidungen mit den Schwestern, zu den Spielen, bei denen die blaublütigen Ahnfrauen heraufbeschworen wurden.

Bei Mondas Anblick begann Restituta zu weinen. Und sofort erkundigte sie sich nach den Kleidern und dem Hut der Mutter – Gegenstände, die den Palazzo nicht verlassen durften, solange Don Sauro am Leben war. Sie freute sich, daß die Schwester bei ihr Zuflucht gesucht hatte. Am Morgen stand sie früh auf, um ihr eine schaumige Creme aus Zucker und frischen Eiern zuzubereiten. »Ramondina! Monduccia!« rief sie sie in allen Koseformen der Kindheit, während sie leicht wie ein Batisttaschentuch durch das Haus flatterte. Abends wurde sie zu einer Katze, schmiegte den Kopf in Mondas Schoß und begann in dieser Stellung zu schnarchen und zugleich, hinter dem Rücken ihres Mannes, kühne Grimassen zu schneiden.

Er, der Hauptmann, hatte keinen Sinn mehr für die Absonderlichkeiten seiner Frau. Er hatte sich eine Amsel zur Gesellschaft geholt, die immer um ihn herumzwitscherte. Im Morgengrauen, sobald der Käfig geöffnet wurde, beendete ein melodisches Pfeifen, das von euphorischem Flügelschlagen begleitet wurde, die Stille: Die Amsel folgte dem Hauptmann, der – sommers wie winters im Unterhemd, mit der dampfenden Kaffeetasse in der Hand – zum Rasieren auf den Balkon ging. Brust und Schultern voller Krümel, die in seiner Wolle hängengeblieben waren, fütterte er den Vogel, indem er ihn an sich herumpicken ließ. In der Zwischenzeit schlug er die Rasierseife in einer Schüssel schaumig. Sobald er die Klinge am Streichriemen entlangratschen ließ, um sich so auf den gefährlichsten Teil der Operation vorzubereiten, begann er sich einzusingen, und das war ein abgemachtes Zeichen. Die Amsel hörte auf zu picken und kuschelte sich oben auf dem Kopf ihres Herrn zusammen. Der Hauptmann ließ aus seinem Brustkorb, der sich wölbte, als wolle er das Unterhemd sprengen, Baritonklänge ertönen, die in der Kehle vibrierten, während die Schlagader sich mit dem Blut des ganzen Körpers füllte und anschwoll. Der geflügelte Mohr begleitete den Gesang mit einem Pfeifen, das er gen Himmel aufsteigen ließ, und dieses Duett dauerte während der gesamten Rasur an.

Sobald der letzte Knopf in die letzte Tresse gerutscht war und der Uniform nur noch die Feder auf dem Hut fehlte, kehrte die Amsel freiwillig in den Käfig zurück, wo sie den ganzen Tag lang wartete. Eines Abends hörte der Hauptmann, als er über den Hof ging, nicht das gewohnte aufgeregte Pfeifen seines Freundes. Beunruhigt lief er nach oben: Der Käfig stand offen, und die Amsel war nicht da. Den ganzen Abend stand er am Fenster und pfiff immer wieder den gleichen Lockruf; von Zeit zu Zeit steckte er sicherheitshalber die Nase in den Käfig. Darin war nur noch eine schwarze Feder, die im Wassernapf schaukelte.

Mehr war nicht zu erfahren. Der Hauptmann wurde krank vor Sehnsucht und verlor seine angeborene gute Laune. »Amsel, meine Amsel«, jammerte er, »ich sang, du sangst ... ich pfiff, du pfiffst. Amsel ... Du warst mein einziger Gefährte ... Komm zurück, meine Amsel ... Komm zurück!« Monda war konsterniert über den Zustand ihres Schwagers, aber ihre Schwester beruhigte sie mit einem Achselzucken: »Der stirbt schon nicht, mach dir keine Sorgen, der stirbt nicht«, und dabei starrte sie ihren Mann an und klapperte mit den Augenlidern, als wären sie zwei hilflose Schmetterlinge. Dem armen Hauptmann kamen allerdings Zweifel an Restituta, denn obwohl sie sich so gut mit Worten verteidigte, kam ihm der Ausdruck, der in gewissen Momenten feindseligen und verstockten Schweigens auf ihrem Gesicht haftenblieb, alles andere als beruhigend vor.

Sie war es tatsächlich gewesen! Sie beichtete es der Schwester. Zu Tode erschrocken, flehte Monda sie an, bis an ihr Lebensende zu schweigen. Die Leichtsinnige jedoch lachte und beschrieb ihre kühne Tat in allen Einzelheiten, ohne besonders achtzugeben, daß der Hauptmann sie nicht hörte. Sie erzählte, daß ihr der kleine Sänger schon immer zuwider gewesen sei, daß sie schon lange Gelüste nach ihm verspürt hatte und ihn schließlich im Römertopf nach allen Regeln der Kunst zubereitet hatte. Die dumme Amsel war dann allerdings zäh geblieben, und sie hatte den Vogel nicht ganz hinunterbekommen.

Restitutas Geist war arglos und leicht wie die Überreste eines Vogelnestes. Dazu kam, daß zu ebendieser Zeit ihr Körper die Lust verlor, Blut zu vergießen, und diese fehlende Erleichterung der Eierstöcke bescherte ihr Hitzewallungen, die ihre Schwachsinnigkeit bösartig werden ließen. Doch ihre Schandtat ist innerhalb der Erzählung das Pendant zu einem anderen von Frauenhänden begangenen Mord. Die Großmutter war zu jener Zeit noch nicht einmal geplant, sie irrte noch im Blut ihrer flüchtenden Eltern herum.

3

In der römischen Wohnung des Lehrers deckt Großmutter gerade den Tisch. Hinter der abgeschabten Lehne jenes verdammten Stuhls, der immer gegen den Türgriff scheuert, sieht sie ihren Vater, der auf dem Balkon sitzt und aufs Abendessen wartet. Sie betrachtet seinen Nacken, der sich mit der Zeit sanft ausgepolstert hat. Heute abend wandern die Gedanken des Herrn Lehrer auf dem Seil der Trambahnspur und immer weiter, bis zur Kurve nach der Kreuzung. »Papa, das Essen ist fertig«, ruft Großmutter. Der Lehrer löst sich aus dem austerngrauen Hintergrund des Sonnenuntergangs und kehrt ins Eßzimmer zurück.

Im Schein der brennenden Lampe, die ihre Helligkeit über die Tischdecke wirft, leuchten die Gesichter seiner inzwischen groß gewordenen Kinder und das seiner Frau Monda, die in der immer bittereren Intimität zwischen ihr und dem Lehrer alt geworden ist. Schweigend beginnen sie zu essen, nur Großmutter trödelt, sie muß ihrer Schwester noch ein paar Geheimnisse ins Ohr flüstern. »Mama, ist noch was da?« fragt einer mit undeutlicher Stimme und vollgestopftem Mund: Es ist Pilade, der älteste Sohn. Die Mutter kneift die Augen zusammen: Die Schüssel ist leer. Dann schiebt sie Pilade die fast unberührte Portion Pastasciutta der Großmutter hin. »Aber ich habe doch noch gar nichts gegessen!« protestiert die Tochter. »Na und? Dann hättest du dich eben beeilen müssen!« Der Lehrer, am Kopf des Tisches, legt die Gabel hin und steht mit dem Teller in der Hand auf, er reißt die Glastür auf und wirft ihn über die Balkonbrüstung ins Leere. Betrübt bleibt er draußen stehen, den Blick auf die belaubte Schaukel der Bäume im Abendwind geheftet. Ein paar Spaghetti hängen im Drahtseil der Trambahn. Die Vögel werden sich ihrer schon annehmen.

Ungerechtigkeiten sind ihm immer schon ein Greuel gewesen. Die Vorliebe seiner Frau für die Söhne erfüllt ihn mit Schmerz. Doch inzwischen ist er nicht mehr stolz auf seine stummen, demonstrativen Gesten der Rebellion, er möchte sie schnell wieder ungeschehen machen. Alles zu seiner Zeit. Die Zigarre ist ihm zwischen den Fingern ausgegangen, vielleicht hat er auch vergessen, sie anzustecken. Er hat sie gemolken, ohne ihre Wärme zu spüren, wie ein Stück Rinde. Er blickt hinein: Da ist niemand mehr, nur Tomasina, das Dienstmädchen, das abdeckt und ihn durch die Scheibe anlächelt, als ihre Blicke sich zufällig kreuzen. Der Abend endet auf der Straße, wo er die Scherben des Tellers zusammenklaubt. Gebückt unter den Bäumen, dringt ihm die ganze Nässe, die in der Luft hängt, bis in die Knochen.

Dann brauchte ihn auch seine Lieblingstochter nicht mehr. In demselben Eßzimmer sitzend, sagte der Lehrer dem jungen Mann aus der Toskana mit dem aufrechten Blick, daß er kein gutes Geschäft machte, wenn er die Großmutter zur Frau nahm. In seiner Offiziersuniform war er gekommen, um um ihre Hand anzuhalten. Die Braut bebte draußen vor der Zimmertür. Beinahe zehn Jahre hatte sie auf diesen Tag gewartet – so lang hatte die Verlobungszeit gedauert –, ohne je den Mut zu verlieren, trotz aller Verwünschungen Mondas, die eingedenk ihrer Jungfernzeit im Dorf von dieser langen, immer wieder aufgeschobenen Verbindung abgeraten hatte (»Eine Suppe ohne Salz, immer wieder aufgekocht ... Solange er sie nicht satt hat ...«). Doch Großmutter ähnelte ihrem Vater – in der Schädelstruktur wie in der Verbohrtheit. Von den wenigen Zweifeln, die auch sie hatte, ließ sie sich nicht verletzen, sie warf sie schnell aus ihrem Herzen, ohne sie irgend jemandem anzuvertrauen.

Gioacchino, den »ärmsten Toskaner«, hatte sie eines Samstag nachmittags im Sommer auf der Straße kennengelernt. Sie war mit ihrer Schwester und ihren besten Freundinnen ausgegangen, den Zwillingen Flora und Fiore. Es war heiß, und die Vorfreude auf das Eis, auf das sie mit untergehakten Armen zumarschierten, hatte sie den Weg durch die Villa Celimontana einschlagen lassen. Mit den Händen vor der Brust drückte die Großmutter den halbmondförmigen Griff ihrer Handtasche an sich, ein Accessoire, auf das sie, wie auf ihren pflaumenblauen Hut, unendlich stolz war – rührende Indizien einer sich noch kaum bewußten Weiblichkeit. Sie hatte allerdings auch einen Kummer, den ihren Freundinnen mitzuteilen sie sich jedoch hütete: nackte Beine.

Der Schmetterling auf den Strümpfen Fiores hingegen schien bereit, abzuheben und sich in die Lüfte zu schwingen, und Fiore kontrollierte bei jedem Schritt ihr Schienbein. Sie war die einzige der Gruppe, die seidene Strümpfe besaß, und trotz der unpassenden Jahreszeit brachte sie es noch nicht übers Herz, auf diese Eleganz zu verzichten. Die Absätze versanken im Gras, und der schwankende Gang der Freundinnen löste Heiterkeit aus bei den jungen Männern, die, von der Sonne gebräunt, auf den Parkwegen auf und ab spazierten. Ohne Herablassung stellten sich die Mädchen dieser Ausgelassenheit und spitzten die Lippen zu einem kaum merklichen Lächeln.

»Ich hab ihn!« rief ein Spaßvogel und warf sich vor ihnen auf die Knie, um dann mit der geschlossenen Hand zu winken, als halte er dort Fiores Schmetterling gefangen. Sie machte erschrocken einen Satz rückwärts und fiel zu Boden, wobei sie die ganze Mädchenschar mit sich zog. So weit hatte der Junge nicht gehen wollen. Er entschuldigte sich und reichte Fiore die Hand, um ihr beim Aufstehen zu helfen; sie jedoch verweigerte sie ihm zornig und brach dann, so auf der Erde sitzend, in ein unangenehmes, froschartiges Geheul aus: Die Strümpfe waren zerrissen!

Hochgewachsen und zart, drehte Gioacchino sich nach dem Geschrei um. Bis dahin hatte er nichts bemerkt: Er schnitzte gerade mit seinem Taschenmesser ein Stöckchen zu. Inmitten dieses Haufens von am Boden kauernden Mädchen fielen seine Augen zufällig auf eine Hand, die zwischen den Lippen nach Speichel suchte. Er tat nichts anderes, als dieser Hand zu folgen. Großmutter machte sich daran, einen Kratzer auf ihrem Bein zu lindern. Und er sah ein Paar auf der Wiese ausgestreckte Beine wie Weißbrotstangen, mit Fesseln aus reinem Knochen, um die sich ausgeleierte weiße Baumwollsöckchen ringelten. Von Zärtlichkeit gepackt, stellte er sich in die Nähe der Mädchen und wartete auf sie. Vielleicht hätte er einfach so weggehen sollen. Denn als sie den Kopf hob, wurde dem Ärmsten klar, daß er sich vor der wilden Entschlossenheit dieser Augen nie mehr würde retten können.

Er lernte ihre täglichen Wege kennen. An jeder Straßenecke wartete er auf sie mit einer kleinen Wiesengabe: Akeleien in allen Farben oder kurzlebige Mohnblumen oder auch nur Büschel von Lavendel oder wildem Fenchel.

Gioacchino studierte noch, und Großmutter trieb ihn nicht zur Eile an: »Was soll ich mit einem Nichtswisser«, pflegte sie zu sagen. Als er zum Militärdienst einberufen wurde, überhäufte sie ihn mit hoffnungsvollen Briefen und kleinen Zeichnungen. Dann brach der Erste Weltkrieg aus, und die Entfernung wurde zur Qual. Nachts auf seiner Pritsche flossen dem Ärmsten Tränen die Schläfen hinab, wenn er an sein ungezähmtes Mädchen dachte, das die dünnen Haare mit dem heißen Eisen kringelte, bevor es mit ihm spazierenging. Auf dem Foto vom letzten Jahr ihrer Verlobungszeit trug sie die Haare immer noch so, zu wenigen großen Locken gerollt, während er schon wesentlich weniger hatte. Sie lehnt schräg an einem Zaun, einen Fuß um eine der Latten geschlungen. Er trägt die Offiziersuniform und hält die Mütze unterm Arm. Offensichtlich scheint die Sonne – und auch noch direkt in ihre Gesichter, denn beide haben die Augen halb geschlossen.

An dem Tag, als Gioacchino gekommen war, um um ihre Hand anzuhalten, ging die Tür zum Eßzimmer irgendwann wieder auf, und Großmutter trat ein; da unterbrach der Lehrer seine Moralpredigt, blickte dem jungen Offizier scharf in die Augen und sagte: »Du wirst sehen, sie wird eine gute Ehefrau sein.« Dann strich er dieser tyrannischen, heißgeliebten Tochter über den Kopf. Am Tisch prosteten sie einander mit Vinsanto zu, einem Geschenk des ärmsten Toskaners.

Aus Rücksicht auf das Vaterland – man war schließlich noch im Krieg – verzichtete sie auf ein weißes Kleid. Mit bloßen Fesseln schritt sie zum Altar, in einem Kleid aus schwerem kastanienbraunem Brokat voller Goldfäden (den sie dann später zu Kissen für die gute Stube verarbeitete). Sie gaben einen schlichten Empfang und fuhren für wenige Tage auf Hochzeitsreise nach Venedig. Als Großmutter aus dem Zug stieg und sich mitten im Wasser wiederfand, brach sie in Tränen aus.

Der Ärmste hatte eine Anstellung bei der Bank Monte dei Paschi di Siena gefunden, und sie zogen in eine Wohnung in demselben Haus, in dem sie aufgewachsen war, nur einen Stock höher. In der ersten Zeit kam es vor, daß die Großmutter die Haustüren verwechselte und mit dem Schlüssel so lange im Schloß herumnestelte, bis ihr jemand aus der Familie von innen die Tür öffnete. Doch mit der Zeit gewöhnte sie sich daran. Jetzt nahm sie jenes Stockwerk sogar im Flug, um die Verspätung wettzumachen, mit der sie ständig zu kämpfen hatte. Zwischen

Vater und Tochter konnte auch das Ritual des »Cremino« weitergehen: ein spezieller Kaffee, den der Lehrer extra für sie zubereitete, indem er die allerersten Tropfen aus der Kaffeemaschine mit Zucker zu Schaum schlug. Jeden Morgen klingelte der Vater oben an der Tür und ließ die Untertasse, die umgekehrt auf der Tasse lag, klirren, um ihr den süßen Besuch anzukündigen.

Großmutter hatte ein robustes, wohlgeformtes Becken, das ihre Schwangerschaften mühelos aufnahm. Mit dem Fortschreiten ihrer weiblichen Angelegenheiten wurde sie ihnen gegenüber allerdings immer unaufmerksamer, und auch während der Zeiten, in denen sie anschwoll, gönnte sie sich nicht die geringste Schonung. Sie merkte immer erst zu spät, daß sie schwanger war, denn ihre Regel war nie pünktlich. Sie machte dann ihre Kleider weiter und dachte während der nächsten Monate nicht mehr an sich selbst, von den Klagen über ihre Krampfadern abgesehen. Wenn die Fruchtblase platzte, rannte sie schnell in ihr Zimmer, hielt sich mit den Händen unten zu, damit es nicht im Stehen geschah, und gebar ohne Anstrengung. So brachte sie ihre vier Kinder zur Welt, alles Söhne.

Der Liebesakt war für sie ein hastiges Nachgeben, eine Pflicht wie die Zubereitung des Abendessens. Und sie hatte das Glück, es mit dem unterwürfigen Bedürfnis und dem nachsichtigen Körper (wie bei einer altgewordenen Putte) ihres Mannes zu tun zu haben. Die fleischliche Intimität offenbarte sich ihr ohne Schrecken und roch nach dem Lavendel, der aus den Kommoden voller Aussteuer im Hochzeitszimmer seinen Duft verströmte.

Die Jahre vergehen, und das schmiedeeiserne Bett steht immer noch da, in demselben Halbdunkel verborgen. Darauf ihre nackten Körper: immer weniger anziehend, wirklich wenig bedrohlich. Die blutleere Bankkaufmannshand gleitet auf ihr, die so wenig willfährig ist, hinunter bis zum eingemauerten Schnörkel des Bauchnabels, bis zu dem Busch, der ihre Vulva bekränzt. Großmutters Beine sind durch ihre Stellung verkürzt, der Kopf ist zur Seite geworfen, unter den Haaren verborgen. Er oben mit hartem Nacken und verspanntem Rücken – sucht sie unbeholfen. Sie läßt es mit sich geschehen, zieht jedoch fast sofort die Arme wieder zurück, die sie auf seine Schultern gelegt hatte. Der Ärmste ist allein. Unter sich spürt er ihre wachsame und angespannte Feindseligkeit. Er möchte schnell machen, um nicht daran zu denken, und sich in jenes Anschwellen vertiefen, das aus seinem Geschlechtsteil aufsteigt. Jetzt schämt er sich, er hat nicht mehr den Mut, sie zu berühren. Ihre Hände werden zu zwei Fäusten, die er niederdrücken muß. Er wühlt, ohne Arme, ohne Augen, ohne Mund: nur mit dem Becken. Als er sie findet, tut er das letzte, was er tun wollte: Er tut ihr weh. In sie zu dringen ist wie ein trockenes Geräusch (wie eine Erdscholle aufzubrechen), denn sie ist trocken wie Salz. Er würde gern einschlafen in seiner Frau. Statt dessen heißt es vor und zurück mit jenem Zipfel des Körpers, um in ihre Dürre zu schlüpfen. Er keucht in das Kissen, hält sein Winseln bis zum Schluß zurück – als er instinktiv den Kopf hebt und sie küßt, während zugleich ein tonloser Schrei ihm die Kinnbacken lähmt. So ergießt er sich in sie. Schwer läßt er sich fallen. Ein Zucken, dann ein Husten. Und damit versetzt er ihr den letzten Schlag, denn jetzt benetzt er ihren Hals mit dem Schweiß, der aus seinen grauen Haaren läuft. Nie sehen sie sich an. Nur die Lampe sieht sie, von oben, platt, ewig platt, durch die Jahre hindurch, in der einzigen Stellung, die bei ihren Begegnungen zugelassen ist.

Von sich selbst schenkt sie ihm gar nichts, nicht einmal die Zeit für eine Zigarette, aber er raucht ja sowieso nicht. Sie streicht den Rock glatt, der sich auf ihrem Bauch zusammengerollt hatte: In der Hitze haben die Falten auf beiden Bäuchen Spuren hinterlassen. Und auch dieses Mal hat sie ihm ihre Brust nicht gezeigt. Mit dem Rücken zu ihm sitzt sie auf der Bettkante und fischt mit den Füßen nach den Pantoffeln. Schnell entfernt sie sich, mit kribbelnden Beinen, die durch die Penetration gefühllos geworden sind. Sie geht ins Bad und zieht dabei ihren Morgenrock hinter sich her, sie stolpert über die Ärmel und verflucht sie. Im Dunkeln hockt sie auf der Zinkwanne, das eisige Wasser in der hohlen Hand: sie spült sich sauber. Dann kehrt sie stumm ins Bett zurück.

Er ist inzwischen nur noch der verläßliche Rücken, der den Pyjama ausfüllt. Morgen wird er um sechs Uhr aufstehen und in die Bank gehen. Dann hat ihm Großmutter schon den Milchkaffee und das Brot zum Eintunken vorbereitet.

Einen Stock tiefer wurde Mondas Blick immer schmaler, bis zur Blindheit. Nicht sie sprach es aus. Der Lehrer hatte es erkannt und vor ihm Tomasina, das Dienstmädchen, aber sie behielt es für sich –, als ihm auffiel, daß sie voller blauer Flecken war, da sie sich ständig irgendwo stieß. Sie sah sich nicht mehr im Spiegel an. Sie bat darum, ans Fenster geführt zu werden, und ihr uneingeschränkter Blick führte sie wer weiß wohin, zurück in die Gassen der Erinnerung. Bis zum Geschmack des Mundes ihres lockigen Liebhabers, bis zu Restituta, die von einem Truthahn getötet worden war. Sie sang Kinderreime im Dialekt, ganz leise, um sich nicht allein zu fühlen. »Morgen kaufst du mir einen scharlachroten Schleier«, sagte sie zu Tomasina. In jener Nacht wechselte sie vom Schlaf in den Tod über, ohne Vorwarnung.

Der Lehrer ging in Pension. Am letzten Tag wurde in dem Gymnasium, an dem er vierzig Jahre lang unterrichtet hatte, für ihn eine kleine Feier veranstaltet, an der auch die früheren Schüler teilnahmen. Bevor sie sich von ihm verabschiedeten, umringten sie ihn noch einmal und klatschten unermüdlich und ausgelassen in die Hände mit dem Ruf »Hipp, hipp, hurra!« Die Rührung ergoß sich über das Gesicht des Lehrers, der Augen und Wangen wie ein Kind hinter den Händen verbarg.

Jetzt stieg er abends hinauf, um Kindermädchen zu spielen, Kinderverzauberer. In den ausgebeulten Hosentaschen hatte er vier große sizilianische Orangen, eine für jeden Enkel. Wenn sie das Fruchtfleisch gegessen hatten, spritzten sie sich von einem Bett zum anderen mit den saftigen Schalen an. Der Lehrer sog den säuerlichen Duft ein, der in der Nase kitzelte. Er erzählte Geschichten, die er aus dem Stegreif erfand und deren Handlung irgendwo in den Nebeln der Kindheit ruhte. Zu seinem Glück kam niemals der Moment, in dem alle imaginären Fäden, die seine Stimme in dem schlaftrunkenen Zimmer gesponnen hatte, zusammengeknüpft werden sollten. Die Geschichten, die sich auf phantastischen Wegen ständig veränderten, setzten sich in den Träumen der Enkel fort. Wenn er sah, daß sie schliefen, stellte sich der Lehrer ein wenig hinter die Zimmertür in den Flur und steckte sich eine Zigarre an. Die glühende Schuppe, die durch den Atem geschürt wurde, war dann das einzige Licht in der Nacht: ein beruhigender Leuchtturm für die Schläfer, die sich bisweilen auf den Kissen regten.

Manchmal ging er auch tagsüber hinauf in die leiderfüllte Wohnung der Tochter. Auf jeden Fall weniger oft, als er gewollt hätte, denn er hatte immer Angst, zur Last zu fallen; er kannte die furchtlose und konfuse Art, mit der sie durch die zerzausten Zimmer wirbelte, immer im letzten Moment, eine Schulter noch im Mantel und das Staubtuch schon in den Rockbund gestopft. Oft war die Tochter – obwohl die Glocke des nahen Kirchturms bereits zwölf geschlagen hatte – noch nicht zu Hause. Dann machte ihm ein herumstreunender Enkel die Tür auf, und der Lehrer schlich zaghaft und unauffällig durch die Wohnung, während er sich leise mit ihm unterhielt. Er quetschte sich in eine Ecke der Küche, als wäre er der am wenigsten vertraute aller Gäste, und legte die kleinen Geschenke auf dem Tisch ab, die er mitgebracht hatte, um seinen Besuch zu rechtfertigen. »Bum-bum, bum-bum«, sang er vor sich hin.

Sie kam nach Hause – eine knappe Viertelstunde vor ihrem Mann –, verschwitzt, mit schmerzenden Beinen, denn sie war mehrmals dem immer gerade abfahrenden Bus hinterhergerannt. Für Begrüßungen war keine Zeit. In der Wohnung klingelte es ständig: die Kinder, die aus der Schule kamen, das Dienstmädchen, das ihr entgegengekommen war, sich dann auf der Straße festgeratscht hatte und jetzt von der Großmutter eine saftige Ohrfeige verpaßt bekam, als sie an ihr vorbeiwollte. Die Körbe blieben am Eingang stehen oder im Küchenregal, wo sie zwischen die Vorräte geschoben wurden. Andere geheimnisvolle Päckchen mußten schnell im Schrank unter der Wäsche versteckt werden. Dann rüber an den Herd, den Hut noch auf dem Kopf: verbranntes Essen voller schwärzlicher Gerüche.

Der Vater mischte sich nicht in die Angelegenheiten der Tochter ein, niemals machte er eine Bemerkung oder auch nur eine ablehnende Geste. Im Gegenteil, er sah ihr entzückt zu und blätterte im Geist im Familienalbum. Sie erschien ihm wie ein Konzentrat einer ganzen Reihe von Ähnlichkeiten. »Dreh dich mal«, sagte er zu ihr. »Genau! Das ist es! Du siehst aus wie ...« Unter diesen Umständen hatte Großmutter überhaupt keine Zeit, sich ihrem Vater zu widmen. Sie bewegte sich wie eine Schlafwandlerin durch ihr Chaos, die Lippen ständig zu geflüsterten Vorwürfen geschürzt – als halte sie einen Rosenkranz zwischen den Zähnen. »Störe ich dich auch nicht hier, mein Kind?« fragte er besorgt, wenn er diesen gequälten Mund sah. »Aber nicht doch, Papa! Was sagt Ihr da für Sachen!« Er versuchte immer, ihr soviel wie möglich zu helfen. Er trocknete eine Schüssel ab, griff in die Tüten. Wenn er Erbsen darin fand, pulte er sie wie eine Frau, mit einem Geschirrtuch über der Hose. Oder er hielt die Kinder von ihr fern, indem er ihnen seine

Beine anbot wie einen Pferderücken: »Hoppe hoppe Reiter...« Der Lehrer genoß es, inmitten dieses Trubels zu sein: Ruhe gab es in seiner Wohnung mehr als genug. Nur wenn er dem Blick des ärmsten Toskaners begegnete, der mit dem Geruch nach Bankformularen, der aus seinem dunkelgrauen Jackett strömte – ein trister Verputz, der mit der Zeit dünn wie Fischgräten geworden war –, auch den des Hungers mitbrachte, dann fühlte er sich schuldig wegen seiner Tochter. Er fragte den Schwiegersohn nach Neuigkeiten von der Börse oder über die Wechselkurse irgendwelcher Fremdwährungen, nur um der Tollhausatmosphäre etwas entgegenzusetzen, die sich zwar schlagartig gelegt hatte, als der Ärmste den Schlüssel im Schloß umdrehte, aber wie Elektrizität immer noch in der Luft spürbar war. Gioacchino gab seiner Frau einen Kuß und nahm ihr den Hut ab, bevor sie sich an den Tisch setzte.

Nach dem Mittagessen, wenn alles abgeräumt war, kehrte der Lehrer in die Küche zurück, in seinen Lieblingswinkel, auf den wackligen Stuhl, wo er die Augen schloß. Am liebsten wäre er immer dort geblieben, im Dunkeln, ohne gesehen zu werden, wie ein Zuschauer im Theater. Manchmal bat er bei seiner gewohnten Folge von Gebeten zum Seelenheil aller den lieben Gott um eine kleine Verlängerung seiner Erdenfrist, nur um noch ein bißchen auf diesem Stuhl sitzen und das Leben seiner Familie aufsaugen zu können. Nur ein Lächeln, das zu Buche schlägt. Wie ein altes Haustier, das auf dem Boden zusammengerollt liegt und anstelle der früheren Begrüßungssprünge nur noch mit dem Schwanz wedelt.

Er hätte nicht mehr den Reigen der auf- und abgedeckten Tische genossen, die Nasen voller Rotz, das Gelächter, die Zänkereien und den Duft von ihr, seiner Tochter: die Haut, die Kleidungsstücke und die Hektik, alles zusammen. Eine Duftspur, die sie überall im Haus hinterließ. Nur deshalb tat es ihm leid zu gehen. Ohne es zu merken, schlug er mit dem Kopf gegen die Wand, von einem in seiner Brust zusammengepreßten Schluchzen bewegt, und auf einmal wachte er auf, frierend, voller Angst, im Zweifel, ob er sich überhaupt noch auf dieser Erde befand. Bestürzt betrachtete er die florentinischen Lilien auf den Fliesen, und er ließ die Hände hinabgleiten, um sicher zu sein, daß das Strohgeflecht des Stuhls noch an seiner Stelle war, unter ihm; die braunen Augen glänzten wie zwei regennasse Haselnüsse. Er war gerührt über sich selbst, ganz wie ein alter Mann.

Es war nicht mehr die Stunde nach dem Mittagessen, und sie gehörte noch nicht zum Nachmittag: eine trostlose Stunde, deren Komplize die Stille der Wohnung war. Der Lehrer stand auf und ging, so wie er gekommen war. Ohne ein Rascheln. Die Hand ans Geländer geklammert, reckte er den Kopf ins Treppenhaus und blickte forschend auf die anderen Stufen und den Hauseingang, in dem der Straßenlärm nachhallte. Ja, alles würde weiterhin so bleiben, auch ohne ihn. In seinem Leben war er oft von der Angst gepackt worden, seine Pflichten nicht bis zuletzt zu erfüllen, doch jetzt hatte er die Furt durchquert. Er konnte sich ans Ufer setzen, mit nassen, sorglos hochgekrempelten Hosenbeinen, und im Wasser herumstochern, zwischen den silberdurchzogenen Kieseln unter dem Widerschein der Sonnenstrahlen.

Auf seinem Gesicht erschien ein winziges Lächeln, das von der Grazie seiner selbst sofort angezogen worden war.

Jetzt, wo er keine kleinen Waisen mehr hinterließ, schien ihm das Sterben gar nichts Besonderes zu sein. Er war froh, in jenem Alter zu sein, das keine besondere Aufmerksamkeit mehr verdient, in dem der Tod ohne Posaunenstöße kommt, nachlässig wie eine schwarzgekleidete Ameise, die einem in den Mund kriecht, während man mit vollem Bauch nach einem Dorffest unter dem Sternenzelt liegt.

Als er krank wurde, war es viel mehr als ein Wunsch – es war sein unbeugsamer Wille, von dem ihn niemand abbringen konnte: daß seine Tochter ihm die Spritzen gebe. Und sie entzog sich dem nicht. Sie klemmte sich ein Kissen zwischen die Knie und stach mehrmals die Nadel hinein, dabei dachte sie daran, wie sie mit einem Zahnstocher in den Pizzaboden piekte, um zu sehen, wie weit der Teig war. »Dreht Euch um, Papa«, sagte sie. Sie sah einen großen rosafarbenen Hintern, sehr matt, mit einem Gelbton, derselben verdorbenen Farbe, wie sie bestimmte Porzellanpuppen haben, und stach die Nadel hinein.

Als es passierte, war niemand zu Hause. Tomasina klammerte sich mit den laugenzerfressenen Händen ans Treppengeländer vor der offenstehenden Wohnungstür. »Er ist tot! Er ist tot!« schrie sie nach oben ins Treppenhaus. Großmutter war wie immer wegen irgendwelcher Geschäfte unterwegs. Sie erfuhr es von einer Nachbarin, der sie zufällig über den Weg lief: »Geh rauf, dein Vater ist nicht mehr.« Der Lehrer lag auf dem Bett, schon ausgekühlt, gefaßt und umgezogen. Im Hausflur drängte sich eine schweigende Menschenmenge, Leute, die ihn gern hatten und von der Straße heraufgekommen waren.

Das Kind hat sich forttragen lassen vom Traum wie von einem Kahn in Ostia, wenn das Meer glatt wie ein Spiegel ist. Im Trichter seiner Haare steht der Schweiß, bis in die Einbuchtung im Genick. Es sieht sich selbst und seinen Großvater aus weiter Ferne: zwei schwarze Umrisse gegen den weißen Himmel. Darin besteht der Traum: in diesem unendlichen Weg, Hand in Hand. Vielleicht ist es Sonntag, und sie gehen zusammen einen Maritozzo essen, Hefeteig mit Sahnefüllung.

Für Vittorio, meinen Vater, war sein Großvater immer die liebevollste Kindheitserinnerung. Großmutters dritter Sohn war er, ein zierliches Kind: goldene Locken, gescheitelt und mit einer Haarklammer seitlich am Kopf festgesteckt, denn die Mutter frisierte ihn wie ein Mädchen. Er trödelte im Flur herum, und sein Blick fiel abwechselnd auf die Unterhosen des Dienstmädchens, auf die schwarze Aktenmappe seines armen Vaters und auf den zerstreuten Schmollmund seiner Mutter. Von seinen drei Brüdern gehörten zwei in die Kategorie der Großen und hatten deshalb eigene Privilegien und Welten. Ihm blieb als Gesellschaft nur der kleinste, Paolo. Sie spielten zusammen, gingen zusammen zur Schule und erkrankten gemeinsam an Typhus. Den holten sie sich durchs Milchtrinken, denn – so sagte man – die Arbeiterinnen der Milchzentrale badeten wie lauter kleine Poppeas in der Milch, damit ihre Haut zart und weiß wurde. Damals war die einzige Therapie bei Typhus rigoroses Fasten.

Eines Abends, als er in seinem Bett wegen der Düfte eines ungewöhnlich reichhaltigen Abendessens gelitten hatte, zwickte Vittorio sich in die Beine, um wach zu bleiben, und schlich dann aus seinem Zimmer in die schlafende Wohnung. In der Küche verschlang er, den Rücken gegen die Marmorplatte gelehnt, mit rasendem Herzklopfen die Reste, die seine Mutter zugedeckt in dem schweren Tongeschirr abgestellt hatte. Am nächsten Tag erschien auf seinem ausgemergelten Gesichtchen ein zartes Rosa, das ihn ins Leben zurückholte. Er schlich sich weiterhin jede Nacht hinaus, und diese Freßorgien retteten ihm das Leben. Sein Bruder jedoch hatte keine Kraft mehr zum Essen, und eines Morgens war er nicht mehr da. Man sagte ihm, man hätte ihn ins Krankenhaus gebracht, aber unterdessen spähte Vittorio durch den Türspalt und sah seine Mutter, schwarz gekleidet, hin und her laufen inmitten eines ungewöhnlichen Kommens und Gehens von Leuten, deren Mäntel nur für wenige Minuten am Kleiderständer hängen blieben. Eines Nachts entdeckte er bei einem seiner Ausflüge auf der Konsole neben dem Foto des Großvaters und denen einiger anderer Verstorbener auch ein Bild seines Bruders. In dem filigranen Silberrahmen hatte Paolo einen schwachsinnigen Gesichtsausdruck und war gründlich mit Pastellfarben retouchiert: Blaßrosa für die Wangen, Strohgelb für die Haare, himmelblaue Schleife und schwarze Tafel vor dem Schulkittel. Vom Fußboden her kroch ihm die Kälte durch die nackten Sohlen bis hinauf in die Schultern. Er wickelte sich fest in seinen Schlafanzug und rannte ins Bett.

Er wurde wieder gesund, und eines sonnigen Morgens brachte man ihn in den Trajans-Park, um ihn wieder ans Laufen zu gewöhnen. Kaum ließ man ihn los, fiel er wie ein kraftloses Knochenbündel zu Boden. Mit offenem Mund lag er der Länge nach auf der Erde. Er dachte, daß er nie wieder über die Wiese bis zumEntenteich laufen könnte. Ihm fiel ein, wie er an genau diesem Ort gerannt war, mit einer anderen Hand in seiner, und ihm wurde klar, daß sein Bruder tot war. Im Kinderzimmer blieb er allein zurück, zusammen mit wenigen abgenutzten Spielsachen: einem hölzernen Zug mit einer schmutzigen Schnur, einer Puppe, die eine Kusine bei ihnen vergessen hatte, dem Baukasten. Er saß auf dem Boden und betrachtete diese Gegenstände, ohne sie zu berühren.

Dann brachte seine Mutter eines Tages vom Einkaufen einen winzigen Hasen mit, den sie auf dem Balkon großziehen wollte. Neuigkeiten waren in der Familie so selten, daß sich alle sofort um den Tisch scharten, wo das Tier auf dem Marmor herumschlitterte und nach einem Fluchtweg suchte. Die größeren Brüder hoben den Puschelschwanz hoch, um den Schließmuskel zu untersuchen, und lachten dann über die »richtigen Hasenzähne«. Großmutter mußte selbst lächeln, nachdem sie vor Schreck einen Satz gemacht hatte, weil der Hase ihr zwischen die Beine gelaufen war, um Zuflucht zu suchen.

Als die erste Neugier verpufft war, kümmerte sich keiner mehr um ihn. Nicht so er. Er gab ihm einen Namen und knüpfte ein Band um seinen Hals. Er nahm ihn mit in sein Zimmer, kämmte ihn mit der Kleiderbürste und streichelte ihn stundenlang, entzückt von den Büscheln von weichem Fell. Am Abend erschien die Mutter in der

Zimmertür, und er versteckte den Hasen unter der Bettdecke.

»Hast du schon für deinen Bruder gebetet?« fragte sie.

»Ja, Mama, das habe ich.«

Der Hase blieb regungslos sitzen, als spüre er die Feindseligkeit in der Frauenstimme. Während sich die Schritte auf dem Flur fortbewegten, drückte er das Tier ganz fest an sich und benetzte sein Fell mit Tränen. Wenn er aus der Schule kam, rief er ihn schon von der Türschwelle aus. Und der Hase rannte herbei, hob die Pfoten, mümmelte und rümpfte die Nase, fast so als wolle er lächeln.

Die Mutter wacht voller Tatendrang auf, erfüllt von viriler Kraft und Energie, die in diese weiblichen, für sie viel zu engen Grenzen gezwängt sind. Ohne Strümpfe schlüpft sie in einen jetzt schon säuerlich riechenden Morgenrock. Nicht einmal einen kurzen Abstecher ins Bad, um sich Gesicht und Achseln zu waschen: direkt ins Zimmer der Kinder. Während die noch im Bett liegen, reißt sie die Fenster auf und verscheucht in einem Augenblick die wohlige Wärme, die sich in der Nacht angesammelt hat, und damit die Möglichkeit eines sanften Erwachens. Von der Kälte mit neuer Kraft erfüllt, macht sie sich an die Arbeit … »Von oben bis unten kremple ich sie heute um. Ich nehme sie auseinander.« Damit meint sie die Wohnung, die sie mit den Händen verschlingt. Gebückt, ohne auf das Brausen der Zugluft zu achten, die um sie herumwirbelt und ihre verschwitzten Nieren kalt werden läßt. Teppiche klopfen, Matratzen wenden, die Wäsche in der Zinkwanne einweichen, und immer hinter Marietta her sein, dem neuen, ein wenig zurückgebliebenen kindlichen Dienstmädchen mit den Knien wie dunkle Knoten unter dem kurzen Kleidchen. Der blöde Hase, den der Krach erschreckt hat, war so schlau, das Weite zu suchen. Doch nicht genug damit ... Überall hat er Spuren hinterlassen: Haarbüschel, Karottenreste unter dem Bett des Sohnes und, zwischen den Blumentöpfen auf dem Balkon, lauter schwarzglänzende kleine Kiesel. Sie erinnert sich auch an das Kitzeln zwischen ihren Knöcheln beim Kochen, wenn der doch glatt hereinkommt, um sich an der Wärme des Herds zu beleben. Man muß ihn suchen! Schau mal an, ohne es darauf abgesehen zu haben, wo findet sie ihn ... Im Schlafzimmer. Sie sieht ihn nicht sofort. Schnellen Schrittes geht sie zum Fenster, und erst als sie zurückkommt, bleibt ihr vagabundierender Blick an jenen aneinandergelegten Pfoten hängen. Und es folgt ein tiefes inneres Gelächter: »Ah ... Unter meinem Toilettentisch steckst du! Unter meinem Toilettentisch ... Scher dich weg ... Gsch, gsch ...«

Und los! Einen Schlag mit dem Besen, um ihn aufzuscheuchen, doch der Hase preßt sich fest gegen die Wand. Also läuft sie schnell – so ein Schelm –, um die Tür zuzusperren, und wirft sich auf den Boden. Sie stochert mit dem Besenstiel blindlings unter dem Möbelstück herum wie eine Wahnsinnige! Dabei macht sie einen Heidenlärm.

»Wo willst du denn jetzt hin, he?! Wo willst du hin?«

Und da ist er auch schon, mit einem Mal schießt er hervor. Los, auf ihn drauf, um ihn auf dem Teppich festzuhalten, ohne den Besen loszulassen, der mitschwingt und ihr weh tut. Mit dem Schmerz wächst auch die Wut, jetzt gibt es einen Grund. Frau und Hase liegen auf dem Boden, mit klopfenden Herzen, zwischen ihnen der Besen. Die Hände legen sich um den samtigen Knorpel der langen Ohren.

Was auf dem Tisch stattfindet, in der Küche, weiß ich nicht. Ich will es nicht wissen. In ihren Schultern zuckt es nur ...

Um ein Huhn zu rupfen, muß man es eine ganze Weile auf dem Schoß halten, und es ist nicht ausgeschlossen, daß es noch eine Ladung abgibt. Dann muß es zuerst abgebrüht, weich gekocht werden, aber die Flügel und der fette Schnörkel des Hinterteils machen immer Schwierigkeiten. Ein Hase hingegen ist eine Wohltat. Man häutet ihn mit einem einzigen Ruck von oben nach unten. Die Haut geht ab wie ein Handschuh, und er blutet nicht einmal, wenn man darauf achtet, die Membrane nicht zu verletzen, die das Fleisch umschließt. Es fliegen keine Federn herum, und der Mantel kommt in den Mülleimer. Während sie ihm Rosmarin in den Bauch stopft, rechtfertigt sie sich brummelnd vor sich selbst: »Ich habe ihn gekauft, um ihn zu essen, und er wird gegessen! Sonst wird er noch zäh ... Dann verraucht der Zorn, und sie deckt die bloße Marmorplatte ohne eine Spur von Bedauern.

Der Sohn kommt nach Hause, und der Hase springt ihm nicht entgegen. Er sucht ihn unterm Bett, im Schrank, auf dem Balkon. Er geht in die Küche zu seiner Mutter: Es riecht nach Braten. Sie schneidet gerade das Brot auf, ohne aufzupassen führt sie die Hand zur Brust hin, mit einem seltsamen Gesichtsausdruck.

»Ich weiß auch nicht, wo der Hase ist«, sagt sie, »er ist

wohl weggelaufen. Das ist auch besser so. Überall lagen seine Haare herum. In einer Wohnung kann man keine Tiere halten ... Geh dir die Hände waschen.«

Er würde ihr am liebsten das Messer aus der Hand reißen und sich vor ihr die Gurgel durchschneiden, um ihr zu zeigen, wie er sich fühlt. Statt dessen sieht er sie an. Er sieht auf den Wanst seiner Mutter, an dem die Brotkrumen hängen bleiben, mit den Augen eines Kindes, dem zum zweitenmal der Bruder getötet wurde. Er wäscht sich die Hände, setzt sich zusammen mit den anderen an den Tisch, faltet die Serviette auf und steckt sie sich langsam in den gestärkten Kragen. Die Mutter, starr über der Bratenschüssel, serviert wie bei einem Bankett, das der Söhne Atreus' würdig wäre, ihr Opfer zum Mittagessen – und bringt es am Abend, aufgewärmt, noch einmal auf den Tisch.

Diese Lust, das Tier totzuschlagen, war ein Anfall, der sie plötzlich überkommen hatte. Sie war nicht so grausam, dem Sohn bewußt seinen einzigen Freund zu nehmen. Sie hatte nicht einmal gemerkt, wie ausschließlich die Beziehung der beiden war, ihre Ersatzfunktion war ihr entgangen. Sie war einfach ungehalten über die heimlichen unbeschwerten Stunden, die der Hase dem Kind bescherte. Durch das Spielen, so schien es ihr, entzog sich der Junge dem Büßerleben, zu dem sie ihn bestimmt hatte. Von allen ihren Söhnen konnte doch nicht ausgerechnet er, der phantasievollste (und jedesmal verpaßte sie ihm einen Klaps auf den Nacken, wenn sie ihn wie hypnotisiert bei irgendeiner Kinderei erwischte), der Strafe des Wir-sind-auf-dieser-Erde-um-zu-leiden entgehen, die ihr von der Natur selbst auferlegt worden war, nur wegen dieser stummen Grille, die sie zwischen den Beinen hatte.

Später, im Lauf ihres Lebens, spürte sie die ganze Fremdheit dieses Sohnes. Selbst in den rührendsten und leidenschaftlichsten Momenten (an denen es nicht mangelte), betrachtete Vittorio seine Mutter wie ein Wesen, das einen Verstand und ein Herz in sich trug, die anders geartet waren als bei ihm. Als die Jahre die Distanz schmälerten und Mutter und Sohn sich ähnlicher wurden (ihre Körper waren auf die gleiche Weise massiv), teilten sie lediglich lange, schweigsame Stunden vor dem Fernseher an den Abenden, an denen er sie besuchte. Immer derselbe Gruß: ein vorgetäuschter lippenloser Kuß und eine kurze Kopfbewegung: »Ciao, Mammi.«

4

Die Überheblichkeit gewisser lederner, mit wenigen Tuschestrichen gezogener Gesichter, die wer weiß wohin blicken, weit über den Kartenrand hinaus. Und diese anderen kleinen Soldaten in starken Farben mit einer schönen aufgehenden Sonne (ein Strahlenkranz aus orangefarbenen Blitzen) hinter den sehnigen Oberkörpern. So wurden die jungen Italiener auf den von den Faschisten gezeichneten Ikonen dargestellt. Und Großmutters Söhne sammelten diese Karten und hüteten sie unterm Bett in einer Blechdose zusammen mit ihren Schleudern und Murmeln. Es waren noch ganz nestwarme Finken, mit ausrasierten Nacken und frisch gewaschenen Hemdkragen. Vor dem Spiegel versuchten sie sich als Großmäuler: ein gezacktes Küchenmesser oder ein Lineal in den Gummizug des Hosenbundes geschoben. Die Schlafanzughosen in die Kniestrümpfe gesteckt, um Pluderhosen daraus zu machen, wie die Parteibonzen sie hatten. Dann wurde die Waffe in den Mund genommen, fest zwischen die Zähne, die Muskeln angespannt, und schon schlichen die Jungen auf allen vieren durchs Zimmer, auf der Suche nach einem Abessinier.

Als der Krieg kam, rückten die beiden größeren ein wie vernünftige Söhne, ohne dem Leben, das sie zurückließen, allzusehr nachzutrauern. Pfeifend verschwanden sie am Ende der Platanenallee, leuchtend und unwissend wie die Soldaten auf ihren Postkarten. Großmutter schnürte Pakete mit wollener Unterwäsche und nähte in das Futter der Uniformen ein wenig Geld ein, das sie beiseite gelegt hatte. Sie weinte nicht. Erst später, als sie noch einmal ins Kinderzimmer ging, um die Matratzen auf den Bettgestellen zusammenzurollen, machte sich der Schmerz in der leeren Wohnung bemerkbar. Sie verbarrikadierte sich hinter einem trauernden Schweigen und schloß ihren Mann und den kleinsten Sohn von ihren Gefühlen aus. Sie wurde stumpf, und der Anblick der Wohnung bedrückte sie wie eine müde Mitreisende. Als dann die ersten Briefe eintrafen, fand sie sich damit ab, in einer Art verstümmelter Normalität weiterzuleben. Sie stellte das Radio auf die Anrichte im Wohnzimmer, und das beigefarbene Gitter wurde zum Bindeglied zwischen ihr und ihren Söhnen. Sie hielt sich mehr in der Wohnung auf als je zuvor und mußte sich für die ungewohnten Stunden zu Hause neue Beschäftigungen suchen. Schließlich machte sie sich daran, Pullover zu stricken, die sie ihren Söhnen schickte. Nur während der Schwangerschaften und im Wochenbett hatte sie ähnliche Gelüste verspürt: Anflüge von Fraulichkeit, die schnell wieder hinweggefegt waren.

Die Ausgangssperre regte sie dazu an, wieder mehr aus dem Haus zu gehen. Sie arbeitete in einem Komitee für Obdachlose und Waisen. Sie sprach mit Parteileuten, Priestern, sammelte alte Kleider und traf sich mit anderen Müttern, um sie zu trösten. Diese klammerten sich an sie wie an einen jahrhundertealten Stamm und hinterließen an ihr Spuren, vor denen Großmutter sich jedoch nicht ekelte: Ihr Leid, mit dem der anderen verbunden, erschien ihr erträglicher. Inzwischen war sie sehr abgemagert. Sie litt unter Hunger und Schlaflosigkeit, und sie schämte sich deswegen. Sie streifte durch andere Stadtteile, um Bündel von Zeitungen und leere Flaschen gegen ein wenig Essen einzutauschen. Die Frauen, denen sie begegnete – mit einem allzeit zum Einsammeln bereiten Säckchen –, gehörten mehr oder weniger zum gleichen Schlag wie sie: wandelnde Bilder der Verzweiflung mit niedergeschlagenen, hungrigen Augen. Dicht an den Wänden entlang flüchtende Ratten.

Der Not ihres Alltags begegnete sie mit ihrem gewohnten Stolz. Aber dennoch gab es Vormittage, an denen sie die Perkalgardine beiseite schob, um auf die menschenleeren Straßen zu blicken, und das Gefühl sie überwältigte, nicht mehr so weitermachen zu können. Den Hut schon auf dem Kopf – unter der Krempe das ausgemergelte Gesicht –, ließ sie sich kraftlos auf einen Stuhl fallen, während der Blick über die schwarzen Rillen zwischen den Fliesen wanderte, die sie seit ewigen Zeiten nicht mehr geputzt hatte, und sie schaffte es nicht, den ersten Schritt ihres mühevollen Tagwerks zu tun.

Unter den Achseln, inmitten der ausgeblichenen Blumen des Morgenrocks, breiteten sich zwei Schweißrosen aus. Der Sommer war wiedergekommen, ohne daß sie es bemerkt hatte. Am 25. Juli verkündete das Radio aus seinem beigefarbenen Gitter den Sturz Mussolinis. Von der Straße klangen die Freudenbekundungen der anderen herauf. Wie viele andere! So viele? Defätisten. Wo hatten sie eigentlich vorher gesteckt? Sie hatte immer den Eindruck von ungeteilter Zustimmung gehabt, ohne Schattierungen. Wo waren all diese Dissidenten untergetaucht? »Wir Armen, wir Armen«, jammerte sie bedrückt in einer Ecke, das Gesicht naß von Schweiß und Tränen. Auch die haselnußbraunen Augen des ärmsten Toskaners irrten lau und feucht umher: »Was soll aus uns werden? Und die Jungs? Was wird aus den Jungs? Für wen sollen sie jetzt kämpfen?«

Dann richteten sich ihre Gedanken auf den Jüngsten. Was würden sie ihm jetzt erzählen? Daß sie sich auf die Seite der Unanständigen geschlagen hatten? Die Zeit der goldenen Locken war vorbei. Vittorio war jetzt sechzehn Jahre alt, er hatte einen schwarzen Wuschelkopf und zwei unruhige Augen – wie aus den Augenhöhlen der Mutter gerissen. Er erwartete eine entscheidende Geste von seinen Eltern. Diese jedoch wichen seinem Blick aus, appellierten an seine Barmherzigkeit: Über Nacht gealtert, baten sie nur darum, in Ruhe gelassen zu werden. Der Sohn versank währenddessen in einem bodenlosen Waisentum: Der Duce war verhaftet, und er watete in der Scheiße, die sein Vater, ein anständiger Bürger, Monarchist und Faschist, sich in die Hose machte. Es war die Angst, die er zu Hause roch, die ihn abstieß. Nicht das Gejubel, das von draußen kam. Im Gegenteil, ein Blick aus dem Fenster reichte, und schon war er unten. Er wollte sie alle auf sich nehmen, die Verwünschungen der Leute dort unten.

In jenem Sommer entfernte sich der Sohn endgültig von ihnen. Er war immer unterwegs, und zu Hause verschanzte er sich hinter seiner Verschlossenheit, die mit zunehmendem Alter bedrohliche Züge annahm. Abends überfiel ihn, sobald er den Schlüssel im Schloß herumdrehte – und der abgestandene, üble Geruch der beiden Alten am Tisch ihn empfing –, sogleich die Lust, die Treppe hinunterzustürmen und nie wieder zurückzukommen. Er hatte das Gefühl, sie säßen da und warteten auf ihn, um in aller Stille seine Absichten auszuspionieren, während sie mit ihren Löffeln die Suppe schlürften.

Wenn Großmutter den Tisch abdeckte, führte sie diese Bewegungen mit einer schmerzhaften Starrheit aus, von der sie nichts abbringen konnte. Die grauen Haare fielen ihr ins Gesicht. Auf den Tellern hinterließ die übliche Brühe die immer gleiche Fettschicht. Sie vergaß die Teller im Waschbecken und ging schlafen. Sie zog sich nicht einmal aus. Sie legte sich aufs Bett, und ihre schlaffen Brüste hingen auf der einen Seite herunter. Sie krümmte sich zusammen. Dies war ihr Körper, und sie wußte nichts damit anzufangen. Neben ihr ein anderer Scheinschlaf: der des ärmsten Toskaners. Auch mitten in der Nacht richtete sie sich auf, ohne es zu merken, und blieb auf dem Bett sitzen, um nachzudenken. Ihr Mann brachte es nicht über sich, sie allein zu lassen.

»Meine Liebe ... Schläfst du denn nicht?«

»Doch, doch, ich schlafe schon ...«

Sie sprachen nicht darüber, sie hatten schon viel zuviel darüber gesprochen. Sie hatten sich selbst bemitleidet, ihre armseligen Prognosen. Sie teilten die Schuldgefühle, und nach und nach hatten sie das Schweigen gewählt, das nur von kurzen Mitteilungen über kleine tägliche Banalitäten unterbrochen wurde.

Nach dem 8. September stellte sich Vittorio dem deutschen Kommando, gemeinsam mit einem zusammengewürfelten Grüppchen von Jugendlichen, alle um die sechzehn. Er sprach mit jener festen und entschlossenen Stimme, die dem Weinen vorangeht und es zurückhält. »Wir wollen kämpfen«, sagte er. Ein Oberst sah sie erstaunt an: In der Zwischenzeit waren alle untergetaucht, und nicht einmal er selbst wußte noch, was er mit seiner Uniform anfangen sollte. Er war gerührt vom Eifer dieser Knirpse. Er riet ihnen, nach Norden zu gehen, und nannte ihnen einen Zug, der sie dorthin bringen würde.

Auf diese Weise rannte Vittorio mit einer dem Selbstmord verwandten Begierde dem Krieg nach, und in jenem Zug fand er ihn. Einen Krieg, der bereits Gekröse war, der ramponierte Krieg der letzten Phase, der von Umherirrenden gekämpft wurde, dem jede Spur von Würde fehlte, die Latrine der modernen Geschichte.

Großmutter gab nicht auf. Der rosige Schleier der Morgenröte überraschte sie nach einem mehr als kurzen Schlaf (ihr erschien er wie ein Augenblick!) mit dem Kopf auf dem Schreibtisch im Zimmer ihres Sohns, wo sie seit dem Vorabend auf ihn wartete. Sie erhob sich mit einem Gesicht, auf dem sich dieses harte Kissen eingraviert hatte, und lief den ganzen Tag herum, um ihn zu suchen, ohne auch nur ein einziges Mal müde zu werden. Von einer Gegend der Stadt zur anderen, von einer Rotte junger Leute zum mißtrauischen Türspalt eines Hauseingangs. Es gelang ihr zu erfahren, von wo der Zug nachts abfahren würde, und sie lief dorthin, um ihn wieder einzufangen, diesen letzten Sohn. »Den bring ich wieder mit nach Hause, da kannst du sicher sein«, sagte sie zum ärmsten Toskaner.

Zusammen mit einer anderen Mutter machte sie sich auf den Weg, mit einem Kopftuch und einem leeren Korb, wie zwei, die aufs Land fahren, um ein wenig Gemüse zu holen und ein paar Eier. Unterwegs erzählte die Frau von ihrem einzigen Sohn und zeigte ihr auch ein Foto: im Sommer, mit einer schlabbrigen Badehose, zwei dünnen grauen Beinen und einem sonnigen Lächeln, am Strand von Roseto degli Abruzzi. Dann hielt sie inne, als hätte sie erst in diesem Augenblick – als sie ihn wieder als Kind vor sich sah, mit einem Lächeln, in dem ein wenig von ihr selbst abgefärbt hatte – die Gewißheit erfahren: »Nein. Meiner kommt nicht mehr zurück, Signora. Meiner nicht ...«, sagte sie. Ihre Hände zitterten, als sie die Fotografie in ein vergilbtes Stück Seidenpapier einschlug.

Großmutter erfuhr es erst, als der Krieg vorbei war. Eine Bekannte erzählte ihr, daß diese Mutter seit jenem Tag nicht mehr aus dem Haus gegangen war: »Zu Hause hat die Ärmste eine Art Altar aufgebaut. Nicht einmal den Leichnam hat sie zurückbekommen. Man hat nichts mehr über ihn erfahren.« Und Großmutter ging sie besuchen. Die Freundin einer Nacht führte sie in das Zimmer des Sohns, setzte sich auf das Bett und nahm ihre Hand: »Was habe ich gesagt, Signora?« murmelte sie, berauscht von ihrer eigenen Prophezeiung. »Eine Mutter weiß so etwas, eine Mutter spürt das ...«

In jener Nacht entzifferte die prophetische Mutter blitzartig die nie ausgelöschten Hieroglyphen der Mutterschaft, zu denen immer auch ein schwarzes Kreuz gehört. Aber doch nicht so früh! Warum so früh?

Da kamen sie an. Kein einziges Licht, nur der Mond, der hier und dort mit einem bläulichen Schimmer auf dem Blech der Eisenbahnwaggons aufleuchtete. Sie waren auf freiem Feld, ein Stückchen außerhalb des kleinen, zerbombten Bahnhofs. Sie verloren sich, von den nächtlichen Dämpfen verschluckt, zwischen zerborstenen Gleisen und abgestorbenen Zugteilen. Großmutter ging neben den dunklen Umrissen der Eisenbahnwaggons entlang und klopfte dabei an die verrammelten Wände, rief leise den Namen ihres Sohnes. Aus dem Inneren kam nur das metallische Echo ihres Klopfens zurück.

Sie hörte ein Flüstern, ein gedämpftes Stimmengewirr, das von einem anderen Gleis kam. In aller Eile durchquerte sie ein Lokdepot. Das Gemurmel schwoll an, und sie sah den Zug: das einzige, was auf diesem friedhofsartigen Ladeplatz lebendig war. Sie klammerte sich an den Türgriff des ersten Waggons und kletterte hinein. Der Waggon war überheizt und stank säuerlich nach Menschenansammlung und zugleich süßlich, wie die Ausdünstungen einer Keksfabrik. Sie wanderte im Dunkeln durch den Korridor, schaute in alle Abteile hinein und suchte unter den Köpfen, die alle gleich aussahen und im Schlaf schwankten. Den Sohn zu finden war ein Kinderspiel. Er gehörte zu einer Gruppe, wo geredet und geraucht wurde.

»Mama!« Vittorio entdeckte sie auf einmal neben sich. Ganz leise war sie auf den Sitz neben ihm geglitten. Jetzt, wo sie sich beobachtet fühlte, musterte sie die Jungen um sich herum, und ihr Mund verzog sich zu einem verschämten Lächeln. Ein Lächeln, das hart wurde, als sie hinter jedem von ihnen eine verlassene Mutter sah. Sie verharrte in ihrer unbequemen Stellung, ohne sich richtig hinzusetzen, aber sie sprach mit klarer Stimme: »Ich bin gekommen, um dich nach Hause mitzunehmen.« Der Sohn antwortete nicht. Er war mit seinen Gedanken weit weg. Wenn sie auch nur geahnt hätte, wie weit, hätte sie sich die nächtliche Gewalttour erspart. Oder vielleicht auch nicht. Ihre Verbohrtheit kannte keine Grenzen. Aber was bedeutete das auch: Scher dich einen Dreck darum! Laß sie mir, sie wird schon müde werden, und am Schluß wird sie weggehen, wie sie gekommen ist, mit ihren Mitteln ... Er steckte sich eine Zigarette an, um sie gegen die Fensterscheibe zu paffen. Und seine Gedanken wanderten hinaus, führten ihre Gespenster spazieren in dem, was man nicht sah, aber was trotzdem dort draußen sein mußte. Was das bloß war? Das ganze Leben lang müht man sich vergeblich ab, sucht im Dunkeln, und nie ist einem das genug, was in Reichweite ist. Ein Leben lang wegrennen ... Jetzt wußte er wenigstens, wohin: an die ferne Front. Dorthin wanderten seine Gedanken, ohne Ende.

Doch in der Nacht ermüden die Augen schnell, und – da konnte man suchen, soviel man wollte – man sah keinen Meter weit. Schluß. Er richtete den Blick wieder nach innen und begegnete erneut der Mutter. Was wollte sie hier nur? Ihre Lumpen, ihre Handtasche, alles war fehl am Platz. Sie paßte nicht hierher. Sie gehörte in ein anderes Gebiet, neben den Ärmsten, mit dem sie in einer müden Umarmung zusammengeschmiedet war. Wie konnte sie auch nur hoffen, daß er ihr folgen würde, ihr die Hand geben in blindem Vertrauen wie zu Kinderzeiten ... Auf welche Weise gedachte sie ihn zu verführen? Am liebsten hätte er ihr einen kräftigen Fußtritt in ihren gepolsterten Hintern verpaßt und sie aus dem Zug geworfen. Geh wieder nach Hause, du blöde Kuh ... Was willst du um diese Zeit auf der Straße?

Doch da unten, auf dem schmierigen Boden, da waren diese kurzen breiten Füße, die ausgebeulten Schuhe, von den hervorstehenden Knöcheln verformt. Sie hatte sie nebeneinander gestellt, ordentlich wie die Hände in ihrem Schoß. Die Füße erregten sein Mitleid – für ihre ganze Person. Die arme Mama! Bis hierher hatte sie ihre Ausdünstungen geschleppt, die ihres Atems, die, die der Mittelscheitel verströmte. Wie gut kannte er diese Gerüche! Die arme Mama, das arme Kind. Was tat sie hier um diese Zeit? Geh nach Hause, geh schlafen, mein Schatz. Geh weg von diesem Dreck, von dieser schwülen Männerwelt. Wie alt du geworden bist, Mama ... Wie ist das geschehen?

Er schloß die Fäuste, bis die Fingernägel sich in die Handflächen bohrten, und versuchte, den Kloß hinunterzuschlucken, der ihn in der Kehle würgte. Er kam sich so dumm vor. Sein zartbesaitetes Herz stellte ihn bloß. Von zu Hause war er ausgerissen, um zu kämpfen, und jetzt kamen ihm die Tränen, weil seine Mutter so verknittert war. Vor welcher Armseligkeit er geflohen war, wurde ihm jetzt auf einmal bewußt. Und wenn er sie so ansah, fühlte er sich wieder, noch einmal, als armer Teufel. Wir sind nichts anderes als zwei arme Teufel, Mama ...

Die Nacht schritt voran, und die Jungen wollten jetzt

diese mütterliche Anwesenheit ausnutzen. Einer fing schüchtern an, dann kamen nach und nach auch die anderen mit einem locker gewordenen Knopf, einem ausgerissenen Saum. Sie nannten sie Mama, und schon verspürten sie Sehnsucht nach ihrer eigenen. Großmutter stopfte emsig, beugte sich nach vorn, um den Faden abzubeißen. »Mama, warum kommst du nicht mit uns in den Norden?« fragte kühn ein Rothaariger, dem sie einen Splitter unter dem Fingernagel entfernte, und sofort die anderen im Chor: »Ja, komm mit uns, Mama. Wir brauchen ein Schlaflied ...« Sie wäre sogar mitgefahren, der Sohn – das war ihr inzwischen klar – wäre sowieso nicht wieder ausgestiegen. Doch ein anderer Gedanke ging ihr im Kopf um. »Ich würde ja mitkommen, Jungs«, antwortete sie. »Ich würde schon mitkommen. Wenn zu Hause nicht der Ärmste auf mich wartete ... Wie könnte ich ihm das antun? Wenn ich nicht zurückkomme, bricht ihm das Herz.«

Unvermittelt fuhr der Zug an. Sie war vertieft ins Gespräch mit den Jungen, wollte ihre Geschichten hören, war überhäuft mit Adressen, Zetteln und Botschaften, die sie überbringen sollte. Hinter dem Fenster, an das sie sofort stürzte, sah sie nur die Nacht vorbeiziehen.

Das Geratter des Zugs ließ sie in den darmförmigen Korridor stolpern. Der Sohn stützte sie und schob sie zugleich vorwärts: »Los, mach doch, Mama! Beeil dich.« Er schrie, um den ohrenbetäubenden Lärm zu übertönen, der zugleich mit den Windstößen durch die offenstehenden Fenster hereinbrach. Sie lehnten sich an die rostigen Wände vor der Tür und warteten darauf, daß der Zug nicht mehr so schnell fuhr.

Draußen konnte man die schwarze Linie der Felder gegen den Himmel erkennen und die ausgefransten Umrisse der Bäume. Die Fahrt verlor etwas von ihrer Kraft, und der Zug rollte jetzt weniger emsig die Schienen entlang. Dann wurde er langsamer. Immer langsamer, bis er fast stehenblieb. »Raus, raus, jetzt«, rief der Sohn. Im Handumdrehen hatte die Großmutter sich hinausgestürzt. Als hätte er nur verlangsamt, um diese kleine Ausscheidung zu ermöglichen, fing der Zug sofort wieder an zu rasen. Vittorio lehnte sich aus dem Fenster, aber er konnte sie nicht mehr sehen. Mit gerecktem Hals und vom Wind zerzaustem Haar hielt er noch eine Weile nach ihr Ausschau. Als er den Kopf zurückzog, war er von der Luft ganz benommen. Er dachte immer noch an die Füße seiner Mutter, an ihre schäbigen alten Schuhe, mit denen sie jetzt durch die Nacht irrte.

Großmutter ist in den Graben neben dem Bahndamm gefallen, zwischen Büschel von Unkraut, die am Rande eines im Krieg vernachlässigten riesigen Weizenfeldes wachsen. Auf allen vieren in den Quecken, blickt sie vor sich auf die Stelle, an der sich die Bahngleise treffen. Für einen Augenblick wird die Sommernacht noch von dem schwarzen Hinterteil des Zugs durchpflügt, dann ist sie ganz leer. Die Ebene schläft unter dem Gezirpe der Grillen. Hier und dort, erst nah, dann fern, wühlt der Wind in den Ähren. Sie hat Angst. Die nächtlichen Felder scheinen von Gefahren zu beben, die zwischen den Halmen sirren wie plötzliche Flügelschläge. Sie richtet ihre schmerzenden Glieder auf, die sich in der zusammengekauerten Stellung verkrampft hatten. Sofort bürdet sie ihren Beinen die Last auf, abwechselnd ihren alten Leib zu tragen, Schritt um Schritt.

Gehen, gehen ... Schnell, sie muß weiter. Wer weiß, welche Strecke der Zug schon geschluckt hatte ... Vorwärts, nur nicht nachdenken. Jetzt zählt nur, einen Fuß vor den anderen zu setzen und sich nicht umzudrehen. Hinter ihr ist nichts, nur das Dunkel, das die Natur verschlingt, dieses Dunkel, das gegen ihren Rücken drückt und sie in Schrecken versetzt. Der spitze Kies ist eine Tortur unter den dünnen Schuhsohlen. Aber sie darf sich nicht von dem eisernen Weg entfernen: Er ist die einzige Spur, die die Nacht für sie auf dem Boden ausgelegt hat – diese zarte Sommernacht, auf die das Mondlicht Wellen zeichnet wie auf dunkle Seide. Der Blick bleibt besser gesenkt über dem metallischen Schimmer der Gleise. Da erfindet sie ein verzweifeltes Spiel: Der Widerschein des Mondes, der sich vor ihren Füßen die Schienen entlangzieht, ist die Ziellinie, die nie erreicht werden kann, denn sie wird vom Mond beleuchtet, der mit ihr zusammen vorwärts schreitet, als wäre er ein fluoreszierender Luftballon, am Handgelenk eines Kindes festgebunden.

Ihre Schuhe sind voller Kiesel. Sie zieht einen Schuh aus und hält das Bein in der Luft, um nicht den nackten Fuß auf den Boden zu setzen. Auf dem anderen Bein stehend, versucht sie schwankend, eine der hölzernen Schwellen zu erreichen, aber es gelingt ihr nicht rechtzeitig. Sie verliert das Gleichgewicht und fällt mitten auf die Gleise. Sie weint, schreit, hämmert mit ausgebreiteten Händen auf den Kies und wütet noch mehr gegen sich selbst, indem sie sich beim Aufstehen auf ihre abgeschürften Ellbogen stützt. Sie zwängt sich wieder in die Schuhe. Sie spuckt auf einen Zipfel ihres Rocks und versucht, sich damit die Knie zu säubern. Aus ihrem Unterleib dringt ein warmer unangenehmer Strom, und sie vergißt jede andere Bewegung, um ihren Bauch zu umfassen (»Ist das denn die Möglichkeit? So viel Unglück, so viele Sorgen müssen mir widerfahren! Alles mir ... Alles zugleich ... Lieber Gott, laß mich den nächsten Tag erleben!«).

Langsam kommt sie voran, sie schärft ihre Pupillen in der Nacht. Die Angst hat sie verlassen: Sie ist der Erschöpfung gewichen. Sie murmelt vor sich hin, erzählt sich selbst ihr Leid, den Kreuzweg des Krieges und der Kinder. Der Kinder, die ihr nur Schmerz bereitet haben. Sie spürt, wie die Lebenssäfte in den innersten Schichten ihres Körpers vertrocknen: Der dumpfe Schmerz ist zu brennendem Durst geworden. Ihre Augen verschlingen den Himmel: »Heute nacht mußt du zu mir auf die Erde kommen. Du mußt mich besuchen, Mutter aller Mütter!« Noch nie hat sie sich dem Himmel so nah gefühlt, so sehr ein Teil von ihm. Den Rumpf nach oben gerichtet, die Arme wie zwei flehende Zweige, um das ganze Firmament zu umarmen. Auf den schwärenden Knien kauernd, ruft sie: »Madonna ... Madonna ... Was habe ich dir getan, Madonna? Du kennst mein Schicksal. Du warst selbst eine Mutter, hier auf der Erde, du weißt, was es heißt, den eigenen Sohn sterben zu sehen. Einen von den Meinen hast du dir schon geholt, er ist in den Himmel geflogen, um dein Cherubim zu sein. Wenn du wüßtest, wie oft ich mich schon gefragt habe, welcher der Meine ist, in dem Geschwirr von Putten, die dich umkränzen. Aber ich habe nichts gesagt, ich mußte ja noch drei andere großziehen. Ich habe mich nicht verrückt machen lassen, obwohl die Versuchung da war, die leeren Kleidchen an meine Brust zu drücken, dort, wo ich ihn genährt hatte. Und ob sie da war! Nein, ich bin nicht in die Kirche gekommen, um dich mit den Fingernägeln von der Wand zu kratzen. Nein, ich habe dich nicht auf Knien angefleht wie jetzt auf dieser steinernen Bank. Ganz still habe ich ihn in meine Gebete eingeschlossen, diesen Tod, als wäre er nicht zwischen mir und dir passiert. Und ich habe weitergemacht, nicht meiner selbst wegen, sondern für die anderen Kinder, nur für sie. Jetzt ist auch noch der letzte gegangen … Das hast du doch gesehen? Er ist mir aus den Händen geglitten, als wären sie voller Schmalz. Ich fühle mich wie etwas Fettiges, von dem alles abrutscht … Sieh mich gut an, Madonna. Ich sehe dich, weißt du das? Ich sehe deine Augen, deinen himmelblauen Umhang, alles sehe ich, das goldene Band, das dich schmückt, den Heiligenschein und deine schönen Füße im Sternenzelt. Sieh mich gut an, Madonna … Hol mich zu dir! Hol mich zu dir zurück, Madonna. Laß mich noch diese Nacht sterben, das macht mir gar nichts aus, aber bring mir meine Kinder nach Hause … Schick sie zu ihrem Vater zurück, der auf sie wartet und nicht mehr spricht. Seit Monaten schon schweigt er. Er fühlt sich zu schuldbeladen. Eines Tages wird er sich im Kinderzimmer auf dem Boden ausstrecken, die Hände auf die Brust legen und fortgehen … Madonna, Madonna, du mußt sie retten. Du mußt sie mir … du mußt sie mir … du mußt sie mir … du mußt sie mir ..

Alles stand still. Auf der Welt gab es nichts Heiligeres als dieses nächtliche Zwiegespräch: einen Diebstahl am

Himmel. Die irdische Mutter, vor Schmerz zum wilden Tier geworden, riß die himmlische Mutter aus ihrem ornamentalen Frieden und zerrte sie zu sich herunter, auf die Knie, zwischen den Steinen. Und sie senkte sie tatsächlich herab, ihre weißen, schmucklosen Statuenaugen. Eine zornige Unzufriedenheit störte ihr seliges Antlitz. Es sah aus, als wolle sie der wolkigen Engelschar sagen: »Das reicht. Holt mich aus dieser Eiseskälte heraus, ich kann sie nicht so leiden sehen, ich kann einfach nicht!« Beinahe als hätte sie unter den marmornen Falten ihres Umhangs wieder die Wärme eines fleischlichen Bauchs gespürt.

Irgendwo auf der Welt fiel eine Madonnenfigur aus Gips herunter und zerschellte auf dem Boden: Die himmlische Mutter stieg aus ihrem Abbild heraus und ließ sich neben Großmutter auf den Schienen nieder. »Deine Söhne werden zurückkehren, alle drei werden sie zurückkehren ...«

Nach dem Gebet machte sie sich mit neuem Mut wieder auf den Weg. Der Horizont rundete sich, und eine schwarze Bergmasse türmte sich in der Dunkelheit vor ihr auf. Der Mond schichtete einen perlmuttfarbenen Lichtschein um den Gipfel, und man konnte die dunkelblauen Umrisse der Hänge erkennen. Am Fuß des Hügels verschwanden die Gleise in einem niedrigen Stollen. Sie tauchte in den Tunnel ein und tastete sich an den lehmigen Felssteinen entlang, aus denen eiskalte Nässe drang. Es dauerte nicht lang. In der völligen Dunkelheit bemerkte sie es sofort, als am Ende des Gewölbes eine Pfütze mondhellen Himmels auftauchte. Sie beeilte sich und war wieder im Freien.

In weiter Ferne erkannte sie ein flackerndes Licht, klein wie von einem Glühwürmchen. Der Punkt blieb dort in der Nacht stehen, fern, aber zuverlässig: eine gelbliche Masse vor einem milchigen Hintergrund. Keuchend lief sie darauf zu. Die um den Leib geschlungenen Arme stützten einen dumpfen Schmerz tief in der Höhle des Unterleibs: ein Fibrom, das sich bereits vor einem Jahr mit dunklen Blutungen bemerkbar gemacht hatte. Der Arzt hatte ihr geraten, sich zu schonen; sie müsse bald operiert werden. Doch es war Krieg. »Und außerdem«, dachte sie, »was wissen die schon … Du gehst mit dem Hut hin, ziehst die Schuhe aus, legst dich nieder, und die glauben, dein ganzes Leben bestehe aus diesen fünf Minuten, in denen sie dich untersuchen. Was wissen die schon, aus welchem teuflischen Leben du diese fünf Minuten gestohlen hast …«

Jetzt ging sie langsam, besessen von der Angst, die Geschwulst könne aufreißen und die ganze Fäulnis aus ihr herausbrechen. Vielleicht hatte diese unbarmherzige Nacht ein großes Finale für sie vorgesehen: mit aufgeplatztem Bauch dort, auf den Gleisen, nur ein paar Schritte vor dem Bahnhof, unter freiem Himmel, ohne ein Dach oder auch nur eine Mauer, um den Rücken anzulehnen, einsam und blutverschmiert wie eine Hure, die abgetrieben hat …

Doch sie schaffte es. Sie bog den Rücken durch, ließ die Hände bis zur Wölbung der Hinterbacken gleiten und massierte sich gedankenverloren die Nieren. Das Licht strahlte aus dem halbmondförmigen Fenster eines kleinen Bahnhofsgebäudes, das in einer niedrigen Baracke untergebracht war. »Ist da jemand? Ist da jemand?« schrie sie und hämmerte gegen die Scheibe, daß der Fensterrahmen wackelte. Im Innern sah sie den matten Fleck des Fußbodens und einen hölzernen Lehnstuhl, über dessen Lehne eine Eisenbahnerjacke gehängt war.

Er hatte zur Zierde einen dünnen Schnurrbart unter der stumpfen Nase und Augen wie zwei kleine schwärzliche Beeren: Sie hatte ihn nicht kommen hören und zuckte vor Schreck zusammen. Das kurzbeinige Männchen mit dem starken Oberkörper, an dem das grobe Muster des Unterhemds klebte, stand vor ihr mit dem zerknitterten Aussehen von jemandem, der gerade mit einem Wintermantel zugedeckt auf einem Feldbett geschlafen hat. »Was gibt es? Wen suchen Sie?« überfiel sie eine Stimme, von der Bettwärme noch ganz benommen. Sie griff zu einer hohen, fast kindlichen Tonlage, ein Trick, um ihre eigene Stimme zu verbergen, die sie in sich aufsteigen fühlte und die schon viel zu nahe am Weinen war. Sie beeilte sich, und beim Erzählen zwang sie sich zu einer Besonnenheit, die ihr half, gewisse Details auszulassen, in die man einen Fremden besser nicht einweihte. Als sie aufhörte zu sprechen, bemerkte sie das Schweigen des anderen. Der Mann fügte nichts hinzu und stellte auch keine Fragen. Erst da wurde ihr klar, wie der Stationsvorsteher sie angesehen haben mußte, während sie sprach, und wieviel Arglist in der Gelassenheit seines Blicks steckte.

In der frischen Nachtluft war er schnell aus seiner Schlaftrunkenheit erwacht und offenbarte jetzt ein füchsisches Grinsen. Ein träges Herabgleiten seines Blicks reichte ihm, um den unschicklichen Aufzug der Frau abzuschätzen: zerrissene Schuhe, zerkratzte Beine, Schweiß auf der Stirn und den Wangen, die in dem schwachen Licht glänzten, das aus dem Zimmer drang, wo eine schmutzige Glühbirne an einem langen Kabel hing.

Dorthin – direkt unter diesen staubigen Lichtkegel – führt er sie jetzt, über die Schwelle. Er macht ihr ein Zeichen, sie solle sich setzen, und bietet ihr etwas zu trinken an. Sie schüttelt den Kopf und bleibt stehen, ihre ganze Beklemmung in den verkrampften Händen zurückhaltend. Sie möchte nur den Weg wissen, sagt sie. Ihre Stimme ist quäkend und flehend geworden, zugleich wird ihr klar, daß er ihr gar nicht zuhört. Der Bahnhofsvorsteher hat die Tür verriegelt und räumt jetzt seine im Zimmer herumliegenden Sachen auf, mit unverschämter Sorgfalt. Er spricht mit dem Rücken zu ihr und holt währenddessen einen kleinen Kamm aus der Jackentasche, den er durch die Haarsträhnen zieht, die seinen kahlen Kopf einrahmen.

»Aber, Signora«, sagt er. »Wo wollen Sie denn hin? Um diese Uhrzeit gibt es keine Straßenbahnen. Es herrscht Ausgangssperre! Und noch dazu sind wir auf der anderen Seite der Stadt. Sie legen sich jetzt hier hin, und morgen früh, wenn meine Schicht zu Ende ist, bringe ich Sie mit dem Lastwagen nach Hause ...« Er deutet auf das durchhängende Notlager in einer der Ecken und bückt sich, um es glattzustreichen.

Der Wasserhahn eines kleinen, angeschlagenen Waschbeckens spuckt prustend Wasser. Der Bahnhofsvorsteher schiebt ein Glas darunter und reicht es ihr mit Besitzermiene. Breitbeinig und ruhig steht er da und schüttelt sich nachlässig das Wasser von den Fingern, entschlossen, allzunah neben ihr. Das Glas fällt ihr aus der Hand. Es zersplittert auf dem Boden und durchnäßt die Hose und die Schuhe des Mannes. Jetzt ist Großmutters Stimme ganz dünn, ein tonloses Röhren: »Ich muß nach Hause. Ich habe Ihnen schon gesagt, daß ich nach Hause muß, lassen Sie mich fort. Bitte ...« Der Mann weicht nicht zur Seite, er zeigt ein noch breiteres Grinsen, bei dem man all seine scharfen Zähnchen sieht. Seine Hand ist inzwischen in ihr Haar geglitten. Er sucht mit den Lippen nach ihrem Ohr, sabbert es ihr mit seinem Geflüster voll und geht dann gleich zu einer groben Vertrautheit über: »Wo willst du hin? Was sagst du denn da ... Sei brav! Sei brav ...« Er preßt sie gegen die Wand. An ihrem Hals spürt sie den warmen Atem seines Mundes, der ranzig ist vom Schlaf, die stachelige Haut seines Gesichts – während sie um sich schlägt, um sich dem Anschwellen des Mannes zu entziehen, der mit vor Begierde trüben Augen und halboffenem Mund an ihr klebt. Er stöhnt über sein Glied, das er nicht zur Ruhe bringt in diesem Durcheinander von Röcken, kratzenden Fingernägeln und Bissen. Er schafft es nicht, sie festzuhalten, seine Lust macht ihn schwach. Großmutter wirft den Kopf hin und her, sie spuckt und heult wie eine Hündin, ihr Gesicht ist bedeckt mit Tränen und Rotz. »Laß mich, laß mich! Du Schwein ... Was fällt dir ein?! Ich bin eine Mutter, ich habe schon große Kinder ... Hau ab, hau ab! Scher dich zum T ...« Mit einem Ruck windet sie sich aus seinem Griff und sackt auf der anderen Seite des Raumes zusammen, wo sie weiterbrüllt wie ein unnahbares, wildes Tier.

Der Bahnhofsvorsteher fällt schwer gegen die Wand, wehrlos. Mit einer so unbändigen, verzweifelten Verteidigung hatte er nicht gerechnet. Er hatte an die Wärme einer schnellen, nur ein klein wenig erzwungenen, im Endeffekt gerngesehenen Nummer gedacht. An den Honig einer Möse gedacht. Dieser ganze verzweifelte Widerstand jedoch hat ihm mit einem Schlag den Wind aus den Segeln genommen. »Als ob es nicht reichen würde, daß der Krieg uns in die Eier tritt!« klagt er. »Wir hätten uns doch ein paar schöne Stunden machen können, oder?« Er wirft einen verstohlenen Blick zu ihr hinüber: Sie ist dunkel und zitternd wie ein gequältes Insekt. Endlich sieht er sie im richtigen Licht, als das, was sie wirklich ist: ein Fetzen Krieg, das neben Horror überlebt hat. Sie preßt ihr zerrissenes Kleid an den Busen, aus dem in regelmäßigen Abständen tiefe Schluchzer aufsteigen und sie schütteln. Im Zimmer gibt es nur noch Großmutters Wehklagen. Es ist, als habe der Überfall auch noch den letzten Damm eingerissen, als könne dieses Hervorquellen von Tränen nie wieder gestillt werden.

Die Augen, die sie auf ihn richtet, sind zwei glühende Kohlen. Stumm geht sie zum Waschbecken und wäscht sich die Reste des Abscheus von Gesicht, Hals und Ausschnitt. Eine Geste genügt, damit er ihr die Tür aufmacht. Er folgt ihr mit der Jacke über dem Unterhemd, um ihr den Weg zu weisen: »Sie gehen immer geradeaus, und dann halten Sie sich rechts, immer rechts ... dann ...« Er zögert und bleibt stehen. Er sieht sie vor sich mit krummen, kletternden Beinen, wie sie immer kleiner wird in der Nacht. Er schreit es ihr nach: »Entschuldigen Sie, Frau! Ich habe mich vertan ...«

Jetzt gab es nur noch Felder. Wie eine schwarze gezeichnete Figur wanderte sie den Schotterweg entlang. Vom Wind geschüttelt, erzeugten die Bäume ein einsames Rauschen genau wie von einem Gebirgsbach. Ein Lichtschein auf einem Giebel oder auf Dachziegeln ließ sie unscharf ein paar Bauernhöfe erkennen mit knochigen Hunden, die an der Kette schliefen und mitunter, wenn sie sich näherte, den Kopf zu einem traurigen, folgenlosen Geheul reckten. Dann, endlich, die ersten Wohnhäuser, fern und einsam, wie triste Schiffe an einem Himmel, der sich rasch veränderte. Das Schwarz verblaßte zu einer bleiernen Decke, und perlmuttfarbener Dampf breitete sich um Großmutters Schritte herum aus. Sie ging an den Baracken der Evakuierten vorbei, die zwischen Schutthaufen schliefen. Die Stadt kam näher, schmutzig, für immer gezeichnet von den Staubablagerungen der Explosionen. Von den zerbombten Häusern waren nur noch die Fassaden übrig, mit unheimlichen, vom Himmel durchzogenen Fenstern, oder nur ein Stumpf – auf den sich die aufgedeckten Behausungen in ihrer grausigen Vollständigkeit stützten. Über diesen verstreuten Gräbern vollzog sich der Zauber der Morgendämmerung. Großmutter blieb stehen, um den neuen Himmel abzusuchen wie ein erwachender Vogel. Von den nächtlichen Ablagerungen befreit, erhoben sich ihre Augen blaß und matt, wie Spiegel zugefrorener Seen, zu den Wolken, die die Luft bleichten.

Die Alte huschte aus einer Seitenstraße. Auf einem Tuch, das sie auf dem Kopf zusammengerollt hatte, trug sie einen Korb. Großmutter verfolgte die schwarze Silhouette ihrer Röcke um die Ecke, hinter der die Frau so schnell verschwunden war, als hätte sie das Überleben von den Läusen gelernt, die während des Krieges die Häuser heimsuchten. »Signora, Signora ... Bitte ...« rief sie, während sie ihr nachlief. Die Alte wußte sehr wohl die echte Not einer Leidensgenossin von Nachstellungen zu unterscheiden. Sie ließ die Bitte nicht im Leeren verhallen und rief Großmutter in einer Gasse zu sich: »Was ist denn, meine Schöne? Wen suchst du?« Sie lächelte, und ihr Gesicht verzog sich zu einem einzigen Faltengeflecht. Der Schatten in der Gasse verdunkelte für einen Augenblick Großmutters Augen, die noch übervoll von Licht waren. »Entschuldigen Sie«, sagte sie, »ich muß in die Nähe der Via Nazionale. Können Sie mir den Weg zeigen?« In ihren schwarzen Kleidern, hinkend, näherte sich die Alte wie eine verletzte Hornisse. Sie griff nach ihrer Handfläche, lieh sie sich aus, um (wie eine Zigeunerin) darauf den Weg zu zeichnen. Danach hielt sie sie noch in der Gasse zurück: »Weißt du, was ich hier oben drin habe?« fragte sie und zeigte auf den Korb, der auf ihrem Kopf schlummerte. Jetzt, wo sie so nah war, verströmte die Alte eine Unmenge von unangenehmen Gerüchen, und aus ihrem Mund drang Atem, der bitter war wie Zichorie. »Nein, weiß ich wirklich nicht«, sagte Großmutter eilig. Wieder wurde die Haut der Alten runzlig: »Eh«, seufzte sie, »meine ganze Familie.« Sie neigte sich ein wenig nach vorn, und Großmutter erkannte in dem Korb ein schlafendes Neugeborenes. Die Alte brach in Gelächter aus, wobei sie die wenigen Zähne zeigte, die ihr in dem verklumpten Zahnfleisch noch geblieben waren, und entfernte sich, ihr schrilles Lachen wie Kielwasser hinter sich herziehend.

Großmutter ging weiter und folgte der Wegbeschreibung. Nun schien der Weg ihr entgegenzukommen. Rings um sie her zeichnete sich eine Architektur ab, die ihr immer vertrauter erschien. Sie erkannte Kreuzungen wieder und auch ein paar Ecken, die sie dank ihres Wandertriebs schon einmal aufgesucht hatte. Sie verließ sich auf ihren Instinkt. Sie war ein Stadttier: Das Land, selbst in seiner beruhigendsten Form, bedrückte sie, während sie in der Stadt furchtlos auch in die unangenehmste Gasse eingedrungen wäre.

Die Piazza Vittorio: Auf einmal lag sie aufgedeckt vor ihr. Durch eine kleine Gasse schlüpfte sie auf den Platz, und die endlose Flucht des Katzenkopfpflasters, auf dem sich die morgendlichen Abfälle türmten, raubte ihr den Atem. Sie war nicht gewohnt, die Piazza so zu sehen. Ihres Fensterbretts aus Marktständen und Weibern beraubt, war die große Nachbarin nur noch ein Muster aus schmutzigen Pflastersteinen. Die Perspektive der sie umringenden Wohnhäuser verurteilte sie zu trostloser Öde. Die Einsamkeit der Piazza war genau wie die, die Großmutters Herz erfüllte. Hätte sie für sich selbst einen Thron wählen müssen, sie hätte ihn dort aufstellen lassen. Dasselbe galt für ihr Grabmal: aus Marmor, mitten auf dem Markt. Sie dachte: »Nur fünf Minuten, ich ruhe mich nur fünf Minuten lang aus, jetzt, wo ich angekommen bin.«

Sie läßt ihren Hintern auf eine Stufe sinken, streckt die Beine aus, nimmt ihre Knöchel in die Hände und massiert sie. Zwischen ihren Beinen ist ein schwarzes Salatblatt gelandet. Verzückt starrt sie es an, und nach und nach wird das Gemüse immer größer, bis es die ganze

Piazza aufnimmt, mit all ihrer turbulenten Ausstattung und lebhaften Menschenmenge. Und ... klackklack ... klackklack ... klack ... Die Absätze der kerzengerade voranschreitenden Monda auf dem Pflaster, Großmutter und ihre Schwester traben hinter ihr her, ganz klein hinter dieser stattlichen Mutter. Das karmesinrote Kleid der Feldmarschallin flattert im Wind, und die beiden versuchen spielerisch, es mit dem Mund zu fangen wie einen Schmetterling. Dann die gedrechselten Hände des Vaters über den Obstbergen: Er faßt wenig an, er fischt lieber mit dem Blick, der Lehrer. In der Zwischenzeit drückt sie die Zähne in das schmutzige Holz des Obststands, und direkt vor ihrer Nase hat sie all die bunten Kugeln. Neben dem Salat fließt ein Rinnsal, das in einer großen Pfütze unter dem Gehsteig mündet. Der Tau führt zur Quelle: das eiserne Rohr des kleinen Brunnens mit seinem kleinen Loch, das ungerührt pißt. Und da ist sie mit dem ärmsten Toskaner – ein umherschweifendes Liebespaar, durstig in der Mittagsglut. Ihre weißen Schuhe sind voller Spritzer, und die beiden fangen das kühle Wasser in den hohlen Händen auf, die Tropfen bis oben auf den Armen. Er hält ihre Handtasche. Dann, eine nach der anderen, die vom wilden Spiel erhitzten Goschen der Kinder. Sie flehen: »Noch einen Moment, Ma ... nur noch einen Moment.« Mit dem Hausschlüssel in der Hand muß sie auf sie warten, denn sie ist ohne Handtasche schnell heruntergelaufen, um sie nach Hause zu holen, bevor es dunkel ist. Die Köpfe neigen sich einer nach dem anderen. Sie wacht über den Abstand zwischen den Mündern und dem Wasserstrahl, und die Kinder passen auf, daß sie nicht das Brunnenrohr berühren, durchdrungen von der ewigen Mahnung: »Nur nicht mit dem Mund berühren! Die Leute spucken ihren Katarrh in den Brunnen und pinkeln hinein.«

Dann löst sich alles auf, übrig bleibt nur das matschige Gemüse im Rinnstein. Nein, das Leben ist ein Gedanke, den man lieber nicht haben sollte (»Komm, laß mich gehen! Los, steh doch auf...«). Und Großmutters eisiger Hintern erhebt sich von der Stufe.

Den Blick starr auf die Kreuzung gerichtet, hatte Gioacchino die ganze Nacht über auf das müde Schwanken dieses Beckens auf diesen Beinen gewartet. Und er hatte so innig an seine Frau gedacht wie schon lange nicht mehr. Auch an ihren nackten Körper. Er zog sie aus, wie man eine Puppe auszieht, um ihr gleich wieder ein neues Kleid anzuziehen. Er erinnerte sich nicht mehr, was sie anhatte, als sie aus dem Haus ging, und deshalb zog er sie viele Male um, bevor ihm bei einem Blick auf die halboffene Schranktür auffiel, wie spärlich Großmutters Garderobe war und daß er sie, ohne es zu merken, mit den Kleidern ihrer Jugendzeit ausstaffiert hatte. Doch wie hätten diese leichten Kleider jemals ihre heutigen Hüften und ihren von den Schwangerschaften vernichteten Busen umfassen können? Die süßen Gedanken verschwanden, verschluckt von einer plötzlich bitteren Kehle. Er fühlte einen Ruck, etwas riß sich von ihm los und versank irgendwo anders. Seine Frau verschwand hinter einem Gazevorhang in eine nicht mehr irdische Ferne. Er glaubte jetzt, sie sei tot, gestürzt, noch bevor sie den Zug erreichte. Ihre Beine (wie das erstemal, als er sie gesehen hatte), leblos wie Weißbrotstangen zwischen dem

Schutt. Am Kinn entlang ein einziges kleines Blutrinnsal, ihr Einkaufskorb auf den Boden gerollt, neben einen ausgestreckten Arm, und die spröden Haare über dem Gesicht und im Staub. Er fixierte das Bild dieses Todes und beschloß: Wenn sie nicht zurückkäme, würde er sich über die Balkonbrüstung hinunterstürzen.

Er wartete schlaff und knochenlos wie ein Gecko. Selbst die Morgendämmerung überraschte ihn nicht. Der Himmel erhellte sich über einem makabren Wachposten, der seinen Auftrag getreu erfüllte und dessen Kopf wie nach dem Kuß eines Heckenschützen in der Nacht in den Kragen gesunken war.

Als sie am Ende der Straße auftaucht, den Kopf nach oben gestreckt, in Richtung des Balkons, auf dem sie ihn mit Sicherheit vermutet, begegnet sie dem milchigen Blick eines Blinden: eine Dunkelheit, die ursprünglich von Begierde gequält wurde und nunmehr resigniert hat. Der Ärmste rührt sich nicht. Er weiß nicht, ob es wirklich seine Frau ist oder eine Fee, die ihre Gestalt angenommen hat, um ihm das Sterben zu erleichtern. Doch dann hört er auch die Stimme, die ihn ruft: »Gioacchino, Gioacchino …« Und jetzt ist sie schon am Haustor. Das dunkelblaue Kleid mit der unter dem Busen angesetzten Taille: Das hatte sie an! Wie leicht es zu erraten gewesen wäre (»Wo warst du, wo warst du, mein Schatz?«).

Sie begegnen sich in der Diele. Es ist keine richtige Umarmung: Es ist eine ungeschickte Art, mit den Körpern aneinander gelehnt zu stehen, beruhigt von dem Geruch, den sie gemeinsam erzeugen. Sie stellen keine Fragen, sie erzählen nichts. Sie umarmen sich in wortloser

Erschöpfung. Und endlich kann sie in Ohnmacht fallen. Sie schließt die Augen und tut es.

An demselben Morgen entriß man ihren Eingeweiden ein fast kiloschweres Fibrom. Das San-Giovanni-Krankenhaus war ein Getöse von Schmerzensschreien. Als sie auf der Station einschlief, schwächte sich das Gebell hinter der weißen Tür zu einem leiernden Gemurmel ab, das sie in den Schlaf lullte. Nach der Ausschabung wurde sie zum Ausruhen auf eine Tragbahre gelegt. Der Ärmste wachte über sie im Halbschatten einer Milchglasscheibe. Dann nahm er sie mit nach Hause.

5

Sie stellte die Kaffeetasse aufs Fensterbrett und genoß die frische Luft auf der vom Erwachen noch empfindlichen Haut, den bitteren Geschmack im Mund und eine satte, schwarzgefärbte Zunge. Wieder die alte Gewohnheit: die Wonne des ersten Kaffees, den sie allein trank, in aller Ruhe, hinter sich die noch schlafende Wohnung. Es war eine verstohlene Ruhe, nur für sie, wunderbar.

Die Söhne waren zurückgekehrt, alle drei. Jetzt riß sie morgens nicht mehr die Fenster auf, jetzt ließ sie sie schlafen. Sie war nachsichtiger geworden, aber sie fand auch Gefallen daran, sie untätig in ihren Betten zu wissen. Sie beobachtete sie vom Türspalt aus, halb aufgedeckt zwischen den zerknitterten Laken, und sie kamen ihr vor wie riesige Säuglinge.

Die beiden älteren hatten sich schnell wieder eingelebt und machten ihr keine Sorgen, obwohl einem der beiden an der Schläfe, wo ihn eine Granate erwischt hatte, ein handgroßes Stück Schädel fehlte. Er war in einem Feldlazarett operiert worden, ohne Narkose, und ein paar Splitter steckten bestimmt noch in seinem Hirn. Sie hatten ihre Universitätsstudien mit dem dringenden Bedürfnis wiederaufgenommen, schnell fertig zu werden und die vom Krieg geraubten Jahre aufzuholen: Die langen Beine quetschten sie unter die kleinen Schreibpulte wie zwei überreife Schüler.

Vittorio hingegen hatte ein großes Schweigen mitgebracht und zwei Augen, die zwischen den Wimpern keine Ruhe fanden. Er war losgezogen, um sich umzubringen, doch der Schöne Tod hatte ihn nicht gefunden. Er war nahe dran gewesen an jenem Tag, als Vittorio eine Kugel direkt an seinem Herzen abprallen fühlte; als er sich abtastete, entdeckte er, daß das silberne Zigarettenetui des Lehrers in seiner Uniformtasche eine Delle hatte. Es war, als hätte der Lehrer von oben herab seinen Lieblingsenkel beschützt.

Und jetzt, mit achtzehn Jahren, war er ein Überlebender, ein Heimkehrer von einer Front ohne würdige Erinnerungen. Ihm blieb nichts anderes übrig, als zu Hause, hinter den herabgelassenen Rolläden, die abgestandene Luft einzuatmen. In den wirren Tagen direkt nach Kriegsende versuchte die Mutter, ihn versteckt zu halten, denn sie fürchtete, man könnte ihn im Vergeltungswahn steinigen wie einen streunenden Kater. Sie war immer auf der Hut, und wenn sie einkaufen ging, kam sie schnell, bevor jemand sie nach ihm fragen konnte, auf ihn zu sprechen: »Wer? Mein Sohn, mein Jüngster? Ich weiß nicht, wo der ist. Der ist abgehauen. So ein Lümmel ... Aber wenn der eines Tages bei mir klingelt, kommt er mir nicht mehr über die Schwelle. ›Wer bist du? Wer kennt dich denn?‹ sage ich zu dem.«

Er lag den ganzen Tag ausgehfertig auf dem Bett, den Blick auf die Zimmerdecke gerichtet. In dem Spinnennetz aus Flecken und Rissen im Verputz über seinem Kopf suchte er nach den tausend Pfaden, an denen er in seiner Kindheit Geschichten entlanggesponnen hatte. Manchmal überkam ihn ein wohltuender bleierner Schlaf. Daraus erwachte er dann nur mit Mühe, benommen, als tauchte er aus einem Brunnen auf, wer weiß welchen Alpträumen entronnen; andere Male fuhr er plötzlich hoch, schweißgebadet und mit verkrampften Lidmuskeln. Was hatte er am Grund dieses Brunnens gesehen? Vor welcher Grausamkeit hatte ihn sein Zimmer, in dem er sich beim Erwachen wiederfand, gerettet? Die Überdecke zwischen die Hände gepreßt, flüsterte er etwas, was er selbst nicht hören konnte. Er schrie nie, selbst bei den Alpträumen lösten sich keine Schreie aus seiner Kehle. Die Zähne gruben sich in eine Lippe, bis sie sie verletzten.

Nachdem sie vergeblich an der Tür gehorcht hatte, sah sie in diesen Fällen unter einem Vorwand herein, ohne das Zimmer zu betreten: »Hast du gerufen?« fragte sie und blickte dabei unverwandt auf die Bettkante, wo seine beschuhten Füße lagen. Sie wartete ab, bis er sich rührte, um sicher zu sein, daß er noch lebte. Nie zuvor hatte sie ihre mütterliche Sorge derart auf die Spitze getrieben. Sie blieb schweigend stehen, um ihn nicht zu stören, und erst beim Hinausgehen sagte sie: »Denk nicht daran, mein Sohn, es ist eben passiert ... Vielleicht tut es dir gut, dich zu waschen. Danach fühlst du dich wieder frisch ...« Vom Bett aus blickte er auf den Boden, wo sich der plumpe Schatten der Mutter abzeichnete.

Dann ging er ins Bad. Er ließ die Erregung des Geistes nach unten gleiten: eine blasse Erregung, die aus einigen spärlichen Bordellerfahrungen bestand, in der Erinnerung schon schal geworden. Es wäre gewesen, als müßte er sich in den wenig wählerischen Bauch eines befreundeten Freudenmädchens ergießen. Doch das Grauen suchte seine Augen heim, ausgerechnet hier stöberte es ihn auf, in seinem geheimsten Versteck. Die zarten erotischen Phantasien, die er gerade angetippt hatte, versuchten nicht einmal auszuharren, sie verließen ihn sofort wieder. Er setzte sich auf den gebogenen Rand der Badewanne und weinte, vornübergebeugt, den Kopf zwischen den Knien.

Aus dem Bad drang keinerlei Geräusch. Die Mutter dachte an eine der üblichen Schweinereien und hoffte, der Sohn würde aus seinem Pimmel ein wenig gesunde Lebensfreude aufsteigen lassen. Sie nutzte diese Abwesenheiten aus, um sein Zimmer aufzuräumen. In aller Eile huschte sie hinein, ließ die Läden zu, öffnete nur die Fensterflügel, um das verrauchte Zimmer zu lüften, und machte das Bett. Dabei bemerkte sie die kleinen pflaumenfarbenen Flecke auf dem Kissen, dort, wo er seine Lippe zerbissen hatte.

Nachts, wenn das Viertel schlief, ging Vittorio aus. Wenn sie ihn so von hinten sah, verspürte sie die Regung, ihm den schweren Boden einer ihrer Bratpfannen auf den harten Kopf zu schlagen, um ihn zu betäuben, ihn in die Rumpelkammer zu schleifen und gefesselt in der Wohnung zu behalten. Sie fichte ihn an, stellte sich mit ausgestreckten Armen vor die Tür, doch ihre kraftlosen Muskeln waren ein allzu klägliches Hindernis. Es blieb ihr nichts anderes übrig, als ihren Mantel zu schnappen und ihm zu folgen, soweit ihr Atem mitmachte, dicht an den Häuserwänden entlang, um nicht von ihm bemerkt zu werden.

Die List der Mutter war rührend. In ihrer Verzweiflung hatte die arme Frau jede Vorsichtsmaßnahme vergessen. Vittorio drehte sich nicht um, damit sie nicht zu Tode erschrak. Er ließ sie gewähren, beobachtete sie nur aus den Augenwinkeln: Sie bewegte sich sprunghaft vorwärts wie eine Häsin. Er bekam Mitleid und verlangsamte seinen Schritt. Auf der Suche nach nächtlicher Abkühlung spazierte er durch die Stadt, fern von der abgestandenen Atmosphäre seines Zimmers. Im Höchstfall ging er bis zum Golle Oppio, um irgendeine verwandte herumirrende Seele zu finden. Er hätte die Mutter weiß Gott wie lange hinter sich herziehen können, aber er wußte, daß sie müde war. Und dann störte ihn plötzlich die Gesellschaft dieses keuchenden Lumpenbündels. Er bog um eine Ecke und hängte sie ab.

Er kam erst spät heim, wenn die Feuchtigkeit ihm in die Schultern gekrochen war. Die Fäuste hatte er in den Jackentaschen geballt, und die Schulterblätter ragten aus dem mageren Rücken hervor. Die Heimkehr war für ihn jedesmal wie eine Demütigung. Am liebsten wäre er im Nebel eines Hafens verschwunden: mit breiten Schultern in einem Militärmantel und mit einer brennenden Zigarette im Mund. Die letzte Geste, der hochgestellte Kragen, wie Jean Gabin. Und dann alle Spuren der eigenen Identität auslöschen, um in die Fremdenlegion einzutreten, mit Kriminellen und Dichtern. Ja, ein bißchen Mörder, ein bißchen Dichter, so fühlte er sich gern.

Statt dessen steckte er die Rübe in das alte Treppenhaus und schlich die Treppe hoch. Seine Mutter stand zwar nicht da und wartete, aber der Geruch ihrer Nachtwache hing in der Luft. Kaum hatte sie gehört, wie er den Schlüssel im Schloß umdrehte, war sie fluchtartig im Bett verschwunden.

Auch die Tage des Zorns vergingen. Das Leben brannte darauf, den Bodensatz zu lösen und wieder leicht zu werden. Inzwischen konnte er gefahrlos ausgehen, aber einmal aus dem Haus, wußte er jetzt nicht, was er tun sollte. Träge folgte er dem Beispiel seines großen Bruders und schrieb sich an der Fakultät für Ingenieurswesen ein: das Fach, das am allerwenigsten seinen Neigungen entsprach. Die Mathematikbücher ermüdeten ihn, und die Wörter, die darin standen, verengten sich zu winzigen Zebrastreifen, die seinen Geist zu endlosen Abschweifungen anregten. In diesen Fällen verließ er das Haus, um ein wenig Luft zu schnappen unter einem malvenfarbenen Himmel bei Sonnenuntergang. Er hatte das Gefühl, daß er diese Spaziergänge mehr genießen könnte, wenn um seine Knöchel ein Paar modern geschnittene Hosen flattern würden und in seiner Sakkotasche die Annehmlichkeit einer Packung Zigaretten und ein wenig mehr Geld steckten.

1950 lachte ihm das Glück. Es war ein Heiliges Jahr, das erste seit Kriegsende. Angesichts der Pilgerscharen hatte sogar die ewige Apathie Roms kapituliert. Die Stadt paßte sich freudig dem Ansturm von wohlgenährter Mystik an: Restaurants, geöffnet bis spät in die Nacht, Ausflugsdampfer auf dem Tiber, Ziehharmonikas und eine Unmenge von Devotionalienhändlern –

deren Stände sich bis weit über den Petersplatz hinaus erstreckten. Vittorio zerbrach sich lange den Kopf darüber, wie auch er ein wenig von dieser Großzügigkeit in seine Taschen abzweigen könnte. Eines Abends, als er von seinem gewohnten Abendspaziergang zurückkehrte, entwickelte er einen Plan. Die Geschäfte quollen über von Kruzifixen, Heiligenfiguren, schneebedeckten Kuppeln, Souvenirs; doch alles war irgendwie trist, vom ersten Moment an verstaubt. Man mußte etwas Lebendiges finden. Da fiel ihm die Erde ein, die heilige Erde Roms. Man mußte sie verkaufen. Aber wie? Er könnte sie in kleine Ledersäckchen füllen, die an Wanderstöcken hingen. Und so entstand »Das Pilgerstöckchen«.

Innerhalb weniger Tage war sie auf die Hälfte zusammengeschrumpft, die mit Kaffeesatz dunkel gefärbte Erde in den Geranientöpfen seiner Mutter. Die üblichen Gefährten seiner Herumtreiberei beteiligten sich begeistert an dem Unternehmen, und auf dem Balkon wurde mit großer Emsigkeit gearbeitet, genäht, abgefüllt, geklebt. Der erste Prototyp, noch ein wenig unförmig, kam gut an. Die Stände und Geschäfte, die sich bereit erklärt hatten, das Stöckchen probeweise in ihr Angebot mit aufzunehmen, bestellten sofort größere Mengen nach. Mit den ersten Zahlungen wurden einige kleinere Verbesserungen an dem Produkt vorgenommen. Die Anfertigung der Säckchen wurde einer Änderungsschneiderin anvertraut, während eine eigens eingerichtete Werkstatt die gedrechselten und glattgeschliffenen Stöckchen lieferte, auf denen dann die goldglänzende Plakette mit der Aufschrift »Terra Urbis – Anno Santo 1950« angebracht wurde.

Die Touristen freuten sich wie verrückt bei der Vorstellung, ein wenig geweihte Erde mit nach Hause zu tragen. Die Weihe, das muß allerdings gesagt werden, wurde nicht unbedingt sehr ernst genommen. Anfangs hatten Vittorio und seine Freunde geplant, die Erde – die inzwischen aus dem Trajans-Park geholt wurde – tatsächlich zum Pfarrer zu bringen und mit ein wenig Weihwasser besprühen zu lassen; diese Umstände hatte allerdings dann doch keiner auf sich nehmen wollen. Von ganz anderer Art war auch die Weihe, die diese Gruppe von ungläubigen und fluchenden Jugendlichen der Erde während der nächtlichen Aushebungen zukommen ließ. Rhythmisch furzten sie an die Adresse des Seelsorgers. Von den Geheimnissen der Dunkelheit und dem Wind, der zwischen den Bäumen pfiff, wie berauscht, warfen sie sich bäuchlings auf die Erde und führten einen obszönen Fruchtbarkeitsritus durch. Sie simulierten einen Koitus mit der Erde, »dieser Erzhure«. Von einem panischen Delirium besessen, verkündeten sie daraufhin, daß alle Dinge eine Seele hätten, auch die Hundescheiße. Alles, außer den Pfaffen, die in dem großen Höllenkessel enden würden wie die Speckschwarten in einem Bohneneintopf! »Mit dem Gedärm des letzten Papstes knüpfen wir den letzten König auf!« sangen sie beim Verlassen des Parks.

Das Beste war immer, wenn sie Kasse machten. Die Füße auf dem Tisch, teilten sie sofort die Einnahmen und fuhren dann mit vollen Taschen auf ihren Lambrettas zu gewissen Mädchen, vor denen sie ihre Dreistigkeit zur Schau stellten. Die Nettesten ließen sie aufsteigen und nahmen sie in die Osterien mit, wo sie sich den Bauch mit Spaghetti all'Amatriciana vollschlugen, mit Ochsenschwanz und Wein. *»Lo vedi ecco Manno la sagra c'è der vino ...«,* grölten sie. Irgendeiner stimmte den Refrain eines alten Kampfliedes an, und alle fielen herzhaft ein: mit quäkenden Stimmen und einer Rührung, die zweideutig war wie die vom Trinken getrübten Erinnerungen. Sie drückten ihre Huren an sich, und diese, beschwipst, wie sie waren, ließen es geschehen. Sie hoben ihre zarten Handgelenke, um mit den Gläsern anzustoßen. Mitunter gelang ihnen ein Reim, den sie dann unter großem Jubel lallten.

Unter einem langsam dämmernden Himmel verabschiedeten sie sich noch aus der Ferne: »Ciaaao Määädels ...« Von Bespringen und Beinespreizen war nicht mehr die Rede: »Morgen, Mädels. Wir schlafen morgen mit euch.« Arm in Arm wankten sie heimwärts. Der noch allzu nahe Krieg hatte denselben Geschmack wie ihre weinverklebten Münder. Die Ausgelassenheit verwandelte sich schnell in weinerliche Melancholie. Sie blieben stehen, um an eine Straßenecke zu pissen, oder sie lehnten sich gegen eine Wand und übergaben sich.

Jede Nacht das gleiche Hundeleben, ohne daß sie sich um die trübe Stimmung und den Brummschädel scherten, die sie am nächsten Tag erwarteten. Sie haßten das Gefühl von verbissener Sparsamkeit, das dem Leben ihrer Eltern Antrieb gab. Sie hatten einen deformierten Geschichtsabschnitt auf dem Buckel, und das reichte ihnen.

Als das Heilige Jahr vorbei war, verliebte sich der erneut abgebrannte Vittorio. Er traf sie auf einer Party mit lauter Mauerblümchen, alles Mädchen aus guter Familie. Er und seine Freunde hatten die Angewohnheit, auf sich warten zu lassen. Sie kamen immer erst gegen Schluß. Dann ging ein Raunen durch das Fest: ein Geruch nach Meute, nach Mob. Lucky Strike, Brillantine und dünne, amerikanisch geschnittene Hemden, die mindestens bis zur ersten Brusthaarlocke offenstanden: Die kleinen Mädchen schwirrten alle diesen rauhen Blicken entgegen. In Wirklichkeit waren die Augen der Jungs nur die von harmlosen Wolfsjungen, die in einen allzuschlecht bewachten Hühnerstall eindrangen, nur so zum Spaß. Hungrige Augen, die es vor allem auf das reichhaltige Futter auf dem hauseigenen Tafelsilber abgesehen hatten. Tabletts, Schalen, Tellerchen voller Leckerbissen: Blätterteig, Mürbeteig, Schmalzgebäck und belegte Brötchen. Besänftigt von diesen gastronomischen Freuden, die nach den blütenweißen Händen der Gouvernanten, Kindermädchen, Großmütter und Tanten schmeckten, vertrieben sie sich dann die Zeit mit den Mauerblümchen. Zum Dank warfen sie hier und da einen impertinenten Blick auf jene unseligen wollenen Rundausschnitte mit Goldkreuzen oder Perlenketten und verursachten hochrote Köpfe und Dahinschmelzen. Die Mädchen, die einander Gekicher und hysterische Worte ins Ohr kreischten, offenbarten einen heimlichen Appetit, dessen Erfüllung sie nicht kannten. Dabei hatten die Jungen nicht die Absicht, zur Sache zu kommen, denn sie trieben es ja schon mit echten Dirnen. Hier wäre es zu umständlich gewesen für ihre ungeduldigen Schwänze, obendrein mit dem Risiko fataler Folgen. Beim Weggehen hinterließen sie den wimmernden Herzen unter den keimenden Brüsten gaunerische Versprechungen.

Die, in die sich Vittorio verlieben sollte, war zufällig in eines dieser Wohnzimmer mit abgestandenem Dämmerlicht geschneit. Sie schlug die Beine übereinander, und die Welt geriet ins Wanken. Unter den Hemden wölbten sich die Brustkörbe der Jungen, und die Augen glitten über die gewagten Kurven, wild flatternd wie vom Licht geblendete Nachtfalter. Die Wolfsjungen taten so, als wäre nichts, und zeigten sich belustigt, zugleich gaben sie sich jedoch alle Mühe – die Hand in der Hosentasche, den Mund halb lächelnd, halb skeptisch und distanziert –, als zufällige Gäste dieser traurigen Veranstaltung zu gelten. Einer, der demonstrativ in die Unendlichkeit der eigenen Gedanken versunken war, setzte sich abseits auf einen Stuhl, nur um sie so in aller Ruhe beluchsen zu können; nebenbei hoffte er, sie würde diese Sonderstellung bemerken.

Die Schöne unterhielt sich mit einer Freundin und schien nichts zu bemerken. Sie war es gewohnt, die Aufmerksamkeit der Männer zu erregen. Als Kennerin ihrer selbst wußte sie genau, wo jede ihrer Regungen (von der Hand, die mehrmals über das Haar strich, bis zu der anderen, die schamhaft auf den übereinandergeschlagenen Knien lag) schmerzhaft auftreffen würde. Sie brauchte sich überhaupt keine Mühe zu geben: Für sie war das alles ganz natürlich, genau wie die Schönheit, an die sie von klein auf gewöhnt war. Wenn sie sprach, fiel ihr eine Strähne ihrer durch und durch blonden Haare in die Stirn und unterbrach die Symmetrie der weichen, frisch vom Friseur stammenden Wellen. Man konnte einen Wangenknochen und die Spitze (eine bewundernswerte Spitze) der Nase erkennen und für einen

Moment auch jene Spur von Himbeermarmelade, als die ihr geschminkter Mund erschien. Ihr Vorbild waren die amerikanischen Filmschauspielerinnen ihrer Zeit. Und in dem Zimmer um sie herum bewegten sich lauter vermeintliche Kinohelden. Doch alle, alle wären sie am liebsten auf Händen und Füßen, auf höchst italienische Art, in ihren duftenden Schoß gesunken, um an ihr zu riechen, nur ein wenig an ihr zu riechen.

Vittorio bekam sie. Er machte ihr auf vollkommen übertriebene Art den Hof, und dann gehörte sie ihm – zumindest in den Momenten, die sie zusammen verbrachten, und vielleicht nicht einmal dann ganz. Auch sie war verliebt, soweit das bei ihrem leichtfertigen Wesen möglich war. Sie war ständig beschäftigt, verhindert, ausgebucht. Sie lebte zu Hause bei ihren Eltern, genoß jedoch eine für die Mädchen ihrer Generation ungewöhnliche Freiheit. Ihre Familie war in Wirklichkeit in moralischer Hinsicht undefinierbar und paßte sich leicht an. Durch die Tochter setzten sie auf eine Zukunft für sich selbst; deshalb hatten sie das Mädchen schon sehr früh abgebrüht werden lassen.

Ihre Reize standen zu sehr im Einklang mit den allgemein anerkannten Ausdrucksformen, um unschuldig zu sein. Alles an ihr, von der Biegsamkeit der Hüften bis zum seidigen Schimmer des Haars, schien sich aus irgendeiner unsauberen Stelle ihres Inneren zu speisen. Und gerade diese mutwillige Künstlichkeit war es, die die Männer bestrickte und Vittorio rasend vor Eifersucht werden ließ. Er war sich nie sicher bei den schillernden Wahrheiten, die sie zwischen den Zähnen hervorstieß. Ebensowenig gelang es ihm, ihren Blick zu entschlüsseln, obwohl sie ihn ihm rückhaltslos offenbarte – allerdings schläfrig, schmachtend hinter einem Vorhang von Unreinheiten. Herausgeputzt wie eine erwachsene Frau (für ihre Kurven maßgeschneiderte Kleider oder Kostüme, Strümpfe mit Naht), lief sie noch dazu mit auswärts gerichteten Fußspitzen, denn sie war ja Tänzerin: ein Beruf, der ihren Wert steigerte und zugleich noch mehr Schatten auf sie warf.

Auf der Bühne rannte sie dem Scheinwerfer nach, und mit verbogenen Flügeln oder Blütenblättern aus Tüll auf den Schultern drehte sie Pirouetten vor dem armseligen Bühnenbild irgendeines Varietés. Er wartete stundenlang auf sie, lief vor dem Theater auf und ab. Die Tänzerin schlüpfte müde aus dem Künstlereingang, den Kopf voller Flausen. Wohl wissend, daß er vor Eifersucht außer sich war, quälte sie ihn mit Sticheleien und kleinen Boshaftigkeiten: »Weißt du, wer heute zu den Proben erschienen ist? ... Und wie er mich angesehen hat ...« Vittorio grämte sich darüber, bis er ganz finster wurde. Sie wiederum, verärgert durch seine unersprießliche Niedergeschlagenheit, peinigte ihn nur noch mehr, so daß sie schließlich im Streit auseinandergingen.

Sie sahen sich ein paar Tage lang nicht, bis er wieder anfing, dort herumzulungern, wo sie sich aufhielt; als er ihr begegnete, spielte er peinlich berührt den Überraschten. Die Verlobte fiel ihm begeistert um den Hals, als wäre nichts gewesen. So war sie eben: oberflächlich, auch in ihrem Zorn. Er stand da wie ein Esel mit all den Reden, die er im Geiste vorbereitet hatte und die ihm jetzt nichts mehr nutzten. Er drückte sie an sich und wollte nur noch mit ihr irgendwohin fliehen, um mit ihr zu schlafen. Sie taten es in der Wohnung einer Tante, die nach Mestre gezogen war und nur selten nach Rom zurückkehrte. Bevor sie sich ihm hingab, legte die Tänzerin, in Culotte und Büstenhalter, mit äußerster Sorgfalt ihr Kostüm auf einem Sessel zusammen. Jedesmal ging sie früher als ausgemacht – und immer vor ihm. »Küßchen, Küßchen, Küßchen ...« Zwitschernd warf sie sie ihm zu, mit den Fingerspitzen, um nicht den eben neu aufgelegten Lippenstift zu verschmieren.

»Du willst sie doch nicht etwa heiraten?« Zusammen mit dem Klirren der Kaffeetasse ertönte die heisere Stimme seiner Mutter. »He?! Dich meine ich, du Nichtsnutz. Steh auf.« Sie brachte ihm den Kaffee ans Bett, nur um anzufangen, den Sohn zu bearbeiten. Die Wut ließ ihren Schweiß säuerlich werden, und er hatte den Eindruck, als stänke sie mehr als sonst. Sie war zornentbrannt, seit sie vor ein paar Tagen die Ränke entdeckt hatte. Die »Bohnenstange« war es gewesen, die Witwe Minestrini, diese Betschwester, die es ihr gesteckt hatte (mit ungerührtem Gesicht, während sie jedoch die wächsernen Hände jubilierend durch die Luft flattern ließ): »Meine Liebe, Ihr Sohn ... Ihr Sohn! Ich möchte Ihnen ja gern das Unangenehme ersparen, aber ...« Und sie, kein Freund von langen Worten: »Machen Sie sich keine Sorgen, sagen Sie schon ...« Als sie es erfahren hatte, gab sie sich unbekümmert: »Kindereien«, sagte sie und beendete das Gespräch. Sie gönnte nie jemandem den Triumph, und erst recht nicht der boshaften Witwe. Noch dazu tratschte sie nicht gern auf der Straße wie ein Dienstmädchen.

Zu Hause war das etwas anderes. »Eine Tänzerin.

Eine Tänzerin«, murmelte sie immer wieder vor sich hin, während sie sich über irgendeine häusliche Beschäftigung beugte. Tänzerin erschien ihr schlimmer als Hure, wesentlich schlimmer. Was eine Hure tut, ist allgemein bekannt, den ganzen Tag schlägt sie sich mit dem gleichen lästigen Handwerk herum, aber eine Tänzerin ... Eine Tänzerin amüsiert sich, reißt die Beine auseinander, geht mit dem Impresario ins Restaurant, schlägt sich den Bauch voll und wird immer rundlicher. Und in der Zwischenzeit hält sie sich irgendeinen armen Einfaltspinsel warm, der sie womöglich auch noch heiratet. Es war wie bei dem Spiel mit der Karotte und dem Kaninchen, nur daß anstelle der Karotte eine Möse war und anstelle des Kaninchens ein Idiot.

»Los, steh auf! Raus aus dem Bett! Tu was, was glaubt denn ihr!« wetterte sie – jetzt waren auch die anderen beiden Söhne, die im Nebenzimmer lernten, und der Ehemann in der Bank und überhaupt alle Männer zu Hurenböcken geworden. »Was glaubt denn ihr? Daß ich euch ein Leben lang bediene, während ihr tut, was euch paßt? Nichts da! Falsch gedacht.« Vittorio ließ sie weiter zetern, sprang dann plötzlich auf wie ein Tier und fuhr auf sie los mit entsetzlichem Gebrüll: »Scher dich we-e-eg. Scher dich we-e-eg ...«

Die Großmutter hatte alle ihre Spione ausgeschickt: eine ledige Kusine, zart wie eine Zwiebelhaut, die Zwillinge Flora und Fiore und die »Schwuchtel«, einen Freund der Familie, der von allen drei Söhnen gleich schlecht behandelt wurde. Gönnerhaft lud sie sie von Zeit zu Zeit auf eine Tasse Tee in der guten Stube ein, unter dem Bild von den »Fünf Tagen von Mailand«. Die Zwillinge verzogen den Mund beim Erzählen: »Na ja ... Ein hübsches Mädel, groß gewachsen, aber nichts Besonderes ...« Die Kusine seufzte kopfschüttelnd. Der einzige, der aus sich herausging, war die Schwuchtel. »Zwei Brüste ... Zwei Brüste, daß man darin ersticken könnte ... Und was für eine Eleganz! Sie sollten sehen, wie sie geht, mit diesen Haaren, diesen Beinen ... Was soll ich sagen, man sieht eben nicht jeden Tag solche Gazellen«, gab er unverhohlen zu, selbst die Hüften schwingend wie eine Nachtclub-Sängerin, und in seiner Vorstellung war er bereits die Blondine, die von der Begierde der Männer verzehrt wurde. »Ach ja, liebe gnädige Frau«, sprach er unbeirrt weiter, »Sie sollten sehen, wie sehr Ihrem Sohn die Sache am Herzen liegt. Er hat schon die Hochzeitsmandeln bestellt ...«

Und so spionierte sie ihnen nach. Sie saßen im Freien vor einem Café. Die Tänzerin trug ein hauchdünnes pfirsichfarbenes Kopftuch aus Voile. Sie sprach. Es sprach überhaupt immer nur sie, von Zeit zu Zeit veränderte sie lediglich die Stellung ihrer übereinandergeschlagenen Beine. Die Großmutter hatte Gelegenheit, sie eingehend zu betrachten: Der Busen war wirklich großartig in den Ausschnitt drapiert. Doch es gelang ihr nicht, ihre Augen zu erspähen, denn die Tänzerin nahm nie die Sonnenbrille ab. Sie sah, wie der Sohn ihr das Jäckchen aus Crêpe de Chine um die Schultern legte, als sie aufbrachen: Ein Windhauch war aufgekommen.

»Aber ich habe kein Geld für die Eintrittskarten«, sagte er und errötete vor seiner Verlobten. Es war ein regnerischer Nachmittag, und sie hatten sich vor einem Kino untergestellt. Die Tänzerin wollte hineingehen und den Film sehen. Sie fand das nicht so schlimm: »Ich habe es«, sagte sie – ohne zu merken, daß sie ihn damit beschämte – und schob den Geldschein unter dem Kassenschalter durch. Im Kinosaal, im Dunkeln, errichtete Vittorio gegen den wohlriechenden Atem, der ihn streifte, eine Barriere des Grolls.

Er machte sich wieder ans Studieren. Er gab das Ingenieursstudium auf und wählte eine geisteswissenschaftliche Fakultät. Wenn er jetzt las, war ihm, als kämen abgerichtete Hände aus den Büchern und packten ihn am Schlafittchen. Mit einemmal wurde ihm wieder der Abgrund bewußt, der tief in ihm klaffte. Bisher hatte er versucht, ihn mit Erde zu bedecken, um darauf ein Fundament von männlicher Härte zu errichten. Jetzt wollte er ihn erforschen. Die geschriebenen Worte blieben in ihm, und es waren die ersten Worte, die ihm nicht in den Ohren gellten, die ersten, die nicht gebrüllt waren.

Er nahm seine Bücher überallhin mit, auch in das Hotel, wo er Arbeit als Nachtportier gefunden hatte. Männer und Frauen von großer Eleganz wirbelten in einem Walzer von Kommen und Gehen durch die riesige Drehtür, deren gläserne Flügel nie stillstanden. Sie kamen im Morgengrauen heim, müde nach Festen duftend. Er schloß das Buch, nahm die Schlüssel vom Haken und reichte sie ihnen. Eines Nachts stützte Ingrid Bergmann hinter dem Rücken Roberto Rossellinis die Arme auf den Tresen der Portiersloge. Die Gesichtszüge der Schauspielerin waren klar gemeißelt wie eine Form, von der ein Abdruck gemacht werden sollte. Sie roch nach keinem Fest, sie wirkte geistesabwesend und zugleich verwirrt.

Mit dem ersten Gehalt noch in der Lohntüte eilte er in eine Parfümerie, um seiner Verlobten ein Geschenk zu kaufen. Er wollte das gleiche Parfum, das sie sich immer hinter die Ohren tupfte und das auf ihrer Haut einen schwindelerregenden Effekt hatte. Die Verkäuferin schlug ihm (wobei sie es mit ihren korallenrot lackierten Fingernägeln liebkoste) ein Flakon vor, dessen Winzigkeit ihn beinahe erzürnte. Doch als er an der Kasse stand, erstarrte sein Antlitz, denn erst jetzt wurde ihm der Wert dieses Parfums klar: Um es zu bezahlen, reichten die Banknoten in seiner Hosentasche mit knapper Not aus.

Die Tänzerin ließ das Geschenk sacht in ihre Tasche sinken, so sacht wie die Liebkosung, mit der sie sein Gesicht streifte, um ihm zu danken: »Ach! Mein Parfum ... Du hast daran gedacht«, sagte sie. Sie standen unter der Passage der Piazza Colonna. Er dachte an das Fläschchen, das so achtlos in dieser Handtasche verschwunden war. Sie war ungehalten über das Gedränge, sah sich um und hatte das Bedürfnis, unter den freien Himmel zu gehen.

Es endete mit Ohrfeigen. Eines Abends an der Stazione Termini fuhr er mit der Lambretta noch einmal zurück und gab so einem Verdacht nach, der seit einiger Zeit an ihm nagte, nachdem er unwillig allzu viele Lügen geschluckt hatte.

Dort stand sie mit einem anderen Mann: einem großen Tier aus der Politik, das jetzt wie ein Hase das Weite suchte. Vier-, fünfmal beutelte Vittorio mit zornbebenden Händen den blonden Kopf. Dann hielt er inne und sah sie an: Die Wimperntusche zerrann unter ihren Augen wie das schwarze Sekret eines Tintenfischs. Er ließ von ihr ab und ging fort. Er hatte sich genug gelabt an dieser Art von Liebe. Das letzte, was ihm von ihr blieb, war das Klicken ihrer Absätze hinter seinem Rücken: Verzweifelt lief sie den Bahnsteig entlang und flehte ihn an stehenzubleiben. Vittorio beendete sein Studium und verließ Rom.

(Doch an jenem Abend im Restaurant sollte die Tänzerin noch einmal vor ihm auftauchen. Mit einem seltsamen Gesichtsausdruck sprach mein Vater, nach einer nicht enden wollenden Flut von Erinnerungen, ihren Namen aus. Nur eine Tischdecke voller Brotkrumen trennte ihn von dem rundlichen, von häufigem Restaurantbesuch zeugenden Körper eines Jugendfreundes, den er unerwartet getroffen hatte und mit dem er ohne Pause plauderte und wehmütige Gedanken an früher austauschte, wozu auch jene Schlückchen beitrugen, die sie sich gegenseitig aus einer Amaro-Flasche nachschenkten – während ich schon seit geraumer Zeit vor Müdigkeit fast unter den Tisch gerutscht war. »Ja, ich habe sie neulich zufällig gesehen … Eine alte Frau, weißt du, was das ist, Vittorio? Eine alte Frau ist sie geworden«, sagte der Freund ohne jede Poesie. Schlafend dachte ich an Zuckerwatte. Blonde Schneegöttinnen, unberührt in der Erinnerung wie die Jugend, der sie angehören. Die Axthiebe der Zeit kommen alle zusammen an einem Abend im Restaurant, um auf törichte Weise den Schnee zu schmelzen.)

6

Als hätten sie einander angesteckt, verließen die Söhne einer nach dem anderen das Haus. Großmutter und der Ärmste sperrten ein paar Zimmer ab, damit die Tristesse dieser Leere sich nicht vor ihren Augen breitmachte. Nach beinahe vierzig Jahren Ehe fanden sie sich wieder allein wie ein junges Brautpaar. Stundenlang konnten sie sich gegenübersitzen, und sie verstanden sich stumm. Ohne auch nur die Gedanken zu Worten zu erniedrigen. Sie warfen sich gegenseitig nichts vor. Jeder hätschelte die Fehler des anderen wie die eigenen, mit derselben Nachsicht.

Die Stille, in der die Tage vergingen, brachte etwas Mildes und zugleich Schmerzliches mit sich: eine weniger selbstverständliche, aufmerksamere Teilnahme an der Ehe, fast eine plötzliche Angst, einander zu verlieren – jetzt, wo jedem nur noch der andere geblieben war. Für ihn war es noch schwieriger. Er war in Rente gegangen und wußte nicht, wie er sich beschäftigen sollte. Morgens ging er Brot und Zeitung kaufen, wechselte ein paar Worte mit dem Bäcker, dem Lebensmittelhändler, öffnete unnützerweise den Briefkasten, kam dann nach Hause und setzte sich in seinen Sessel. Dort blieb er, mit zusammengefalteter Zeitung, die Brille in der Hand, und blies Trübsal. Selbst die kürzeste Einsamkeit machte ihn krank und ließ ihn ins Nebenzimmer gehen, wo er seine Frau rumoren hörte. Sie fühlte sich dadurch nicht gestört, ganz im Gegenteil. Oft rief sie ihn zu sich, denn jetzt sorgte sie sich mehr um ihn: »Komm, komm in die Küche, hier ist es wärmer.« Der Ärmste konnte sich nicht beherrschen, und die dreistere seiner Hände langte nach dem weißen Haupt seiner Frau: »Kruschlerin, Kruschlerin«, nannte er sie – wie früher, als sie ein junges Mädchen war.

Von einer diabolischen Begierde geweckt, erblühte die Jugend aufs neue. Nun, da sie nie wieder dieselben sein würden wie damals: sie kugelrund vor lauter überflüssigem Fleisch, er ein langes Elend und krumm wie ein Flitzbogen.

Die beiden ähnelten der Thermalstation (ein Serail von Pfützen, Springquellen und Fontänen), wo sie gewöhnlich kurze Ferien verbrachten, um Heilwasser zu trinken. Gegen Ende des Sommers fuhren sie dorthin, im September. Großartige Vormittage verblaßten gegen Mittag: Der Himmel füllte sich mit dünnen weißen Wolken, die sich hastig öffneten. Das Wasser setzte sich in den Körpern, und draußen lief es die Scheiben herunter. Die beiden waren eingelullt in eine feuchte Wärme, in die Melancholie des Alters.

Ich sehe sie durch das Glas mit dem Aufdruck der Thermalstation. Jetzt steht es unter den anderen in der Küche. Ich glaube nicht, daß Großmutter aus diesem Glas viel getrunken hat. Bestimmt weniger als der Ärmste. In ihren Augen war Wasser ungenießbar: »Es spült die Gedärme durch und schwemmt die Substanz aus dem Körper.« Der Großmutter gefielen an den Thermen das Umkleiden fürs Abendessen, der Aperitif und die Cafés mit Musikkapelle. Ich sehe die beiden im Grünen sitzen, an einem kleinen Tisch, und der Musik zuhören. Hellgekleidete Menschen spazieren vorbei und bewegen den Mund im Zeitlupentempo. Man hört Kindergeschrei. Es riecht nach nasser Erde, und die sommerlichen Kleider scheinen unzureichend für die von kurzen Windstößen gekräuselte Haut. Ich sehe sie am Ende des Tages, wie sie zum Abendessen in die Hotellobby heruntergekommen sind, die weiträumig und abgeblättert ist wie ein leeres Schwimmbad. Im Speisesaal nehmen sie die Mahlzeit ein, die in ihrer Halbpension inbegriffen ist und die sie mit leiser Stimme kommentieren wie jeden Abend. In der Nacht, im ermatteten Schein eines abnehmenden Mondes, sehe ich das Innere ihres Zimmers. Die offene Badezimmertür, den Tropfen, der sich ganz langsam um den Wasserhahn bläht. An der Wand sehe ich einen Kunstdruck, ein Stilleben: jeder Pinselstrich ein Blütenblatt. Unten, im Bett, liegen sie seitlich zusammengerollt in leichtem Schlaf.

Jetzt, wo die Bedrängnis zu Ende und das Leben von seiner sorgenschweren Schale abgelöst war, gönnte sich der Ärmste den Luxus, zu träumen und Pläne zu schmieden. Daß die Zeit, diese Träume in die Wirklichkeit umzusetzen, knapp war, störte ihn nicht. Dieses Bewußtsein erhöhte vielmehr ihre Dringlichkeit und Notwendigkeit.

Ihm, der nie an sich selbst gedacht hatte, erschien das Alter nun wie ein leeres Feld, auf dem er sich unbeschwert tummeln konnte.

Sein Traum war das Meer. In aller Frühe über den nassen Sand zu laufen (den Kopf mit einem verbeulten Strohhut bedeckt) und mit einem Stöckchen Tellmuscheln und Cannolicchi aufzustöbern. Auch nachts hinauszugehen, denn der Schlaf wurde immer kürzer, und – die Hose über den Pyjama gestreift – eine Gasse hinunterzulaufen zwischen sirrenden Ginstersträuchern, um dann die Hände im Sand zu reiben, der feucht an der Oberfläche ist, aber innen noch vollgesogen mit Sonnenwärme.

Das Meer war für ihn der Atem, der letzte Atem. Bei seinem Anblick wären seine Gedanken frei geworden. Was bedeutete es schon für ein Stück Strand, den zusammengekauerten Körper eines alten Mannes aufzunehmen, der – das Kinn auf den Knien – den Horizont absucht, dort, wo Himmel und Wasser sich berühren. Das Meer würde die Ängste Gioacchinos anhören, diese idiotischen, unbeantwortbaren Fragen, die er sich jetzt, vor allen verborgen, stellte (Woher komme ich? Was bedeutet Sterben und nicht mehr dazusein, nie wieder?) Er ertrug es nicht, daß der Hintergrund für diese nächtlichen Qualen das Nachttischchen war, das Wasserglas mit der hydrolytischen Lösung, der Wecker, auf dem die Nacht stillstand. Er wollte die Wellen, die sich unendlich oft bilden und sich zerschlagen. Das Meer erweckte in ihm die Wahrnehmung amphibischen, pränatalen Lebens. Er fühlte, daß es ihn umschloß wie jenes Refugium im Mutterleib, das er vor so langer Zeit verlassen hatte und in das er gern zurückgekehrt wäre. Im Meer versinken und sterben. Dann wäre vielleicht mit der Brandung auch er aus diesem alles verschlingenden Wasser irgendwo angeschwemmt worden, am Uferstreifen eines anderen Strandes, zusammen mit dem Bodensatz des Meeres: geschliffenen Glasscherben, teerverklebten Holzstückchen, fädenziehendem Quallengallert. Bis er eine von der Luft getragene Spore geworden wäre, die irgendwo keimen wird, in weiter Ferne.

Das Stadtleben gefiel ihm nicht mehr. Auf dem Balkon wartete er auf die ersten Sonnenstrahlen, denn die Natur – zumindest sie – war in seinen Augen harmonisch und ausgeglichen. Sonntags drängte er deshalb seine widerstrebende Frau Richtung Fiumicino. Um sie zu überreden, schlug er vor: »Gehen wir ein paar gebratene Fische essen.« Sie ertrug die flehenden Blicke nicht, die er an ihr heruntergleiten ließ. Sie bekam eine Gänsehaut bei dem bloßen Gedanken: sie beide allein, die mit ihren Hintern eine einzige Grube in einen menschenleeren Strand bohrten. Sie haßte das Meer, seinen Schaum, seine salzigen Böen und überhaupt alles, was sie in Unruhe versetzte. Nachdem sie die Fische gegessen hatten, machten sie einen Spaziergang am windgebeutelten Strand. Sie zog sich die Schuhe aus und trug sie in der Hand. Dann spürte sie die ungeheuerliche Kraft jenes aquatischen Teils der Welt, der ein Feind ihrer Verhaltenheit war und ihrer trockenen Füße. Eine Weile hielt sie es aus, nur ihm zuliebe. Doch unterdessen drängte sie inständig: »Gehen wir, gehen wir, mir ist kalt ..

Bisweilen wurde er ihr so unverständlich, daß sie ihn sogar haßte, es war ihr, als wäre die ständig wachsende Liebe ihres Mannes zum Meer etwas, was gegen sie gerichtet war. Eines Abends nahm Gioacchino seinen ganzen Mut zusammen und wagte es, ihre Hand zu nehmen und zu ihr zu sagen: »Meine Liebe, ich träume immer vom Meer. Immer. Ich möchte, daß wir wegziehen von Rom.« Sie starrte ihn an wie einen Marsmenschen. Dann schmollte sie tagelang, ohne mit ihm zu reden. Das war es also! Wer weiß, wie lange er diesen Traum schon hegte, ohne daß er ihr davon erzählt hatte, und ihn wieder und wieder suchte mit seinem kahlen Bankangestelltenschädel. Er hatte sie auch mit ins Bett geschleppt, seine kleinlichen Traumhändlereien, und sie morgens vor den ersten zwei Fingerbreit Kaffee gleich wiederaufgenommen.

Sie hatte jedoch nicht das Herz, ihm diesen Traum zu verwehren, sie hatte ihn ja sehr gern, und noch dazu hatte er – der Ärmste! – sich in seinem ganzen Leben noch nie irgend etwas gewünscht. »Ich komme im Sommer und an den Feiertagen, denn im Winter macht das Meer mich trübsinnig«, versprach sie ihm, als er nach ewigem Hin und Her das Stückchen Land in Lavinio kaufte. Nach Plänen des ältesten Sohnes – inzwischen ein Ingenieur – baute er darauf ein grau-rosa Vierparteienhaus, in dem sich im Sommer die gesamte Familie versammeln sollte. Er wünschte sich eine ganze Kolonie von Enkeln und beobachtete entzückt die Bäuche seiner Schwiegertöchter, die sich langsam vornüberneigten.

Gioacchino wollte um keinen Preis die alten Nadelbäume – ein jahrhundertealtes Vermächtnis seines Grundstücks – fällen, und so blieb der schmale Garten, der rings ums Haus lief, voller schuppiger Stämme, von denen duftendes Harz tropfte. Bei so viel Schatten wuchs nicht einmal ein Grashalm. Davor gab es einen schönen Platz mit leuchtendweißem Kies und, hinter einer Reihe von Oleanderbüschen und Pittosporum versteckt, einen kleinen Nutzgarten mit einem Ziehbrunnen. Hier, in der spärlichen hellen und kargen Erde, pflanzte der Ärmste jede erdenkliche Art von Gemüse an, mit einem fragenden Blick zum Angesicht des Mondes, wie der Gartenkalender es vorschrieb, der unter einem Bündel Peperonischoten in der Küche hing.

Es dauerte nur eine Saison lang, aber in deren Mitte fiel Weihnachten. Sein schönstes Weihnachten. Die Söhne kamen mit ihren Frauen. Ihm ging es schon nicht mehr gut. Er baute eine Krippe aus Pappmaché, alles selbstgemacht. Er stellte sie auf ein moosbedecktes Tischchen in der Diele. Drum herum die Ricciarelli und das Panforte. Von der Decke ließ er einen indigofarbenen Himmel herabhängen mit lauter Sternen.

Aus dem Leben schied er in Rom an einem Frühlingsmorgen. Er hatte sie gebeten, die Fenster weit aufzumachen. Die junge Sonne schien golden in ihr Hochzeitszimmer, drang in den Krug mit staubigem Wasser, der von der Nacht noch dastand, wärmte die schmiedeeisernen Knöpfe und das Kopfteil des großen Ehebetts. Von jenem Bett nahm Gioacchino in seiner zurückhaltenden Art nur den äußersten Rand in Anspruch, den am Fenster, der immer schon seiner gewesen war. Den Körper ausgestreckt und glatt, den Kopf im Fieber versunken, blickte er auf die von Stuckschnörkeln und einem Kronleuchter bekränzte Zimmerdecke. Er hatte den Eindruck, daß das Zimmer an der Lampe hänge und daß beides zusammen sich drehte und herumwirbelte.

Ein Glas, das auf einem metallenen Tablett klapperte, brachte das Karussell zum Stehen. Er senkte den Blick und sah im Spiegel der Kommode, wie seine Frau ins Zimmer kam. In den Händen trug sie das Tablett mit frischem Wasser und seinen Medikamenten. Zwei Augen, die tief in den Höhlen steckten: Augen aus Kriegszeiten, wie von einem geblendeten Tier, in denen er sein eigenes Schicksal erkannte. Nicht ahnend, daß er sie ansah, stand sie reglos da. Ein wenig zu spät – gewöhnlich blieb sie vor dem Zimmer stehen – hatte sie diese Pause eingelegt, um sich zu verstellen und ihm mit einem gelassenen Gesichtsausdruck entgegenzugehen. Als sie im Spiegel sah, daß er sie erwartete, war es schon zu spät. Sie erschrak, als sie den Hinterhalt erkannte. Doch dann war sie sofort ehrlich, und es war eine Befreiung für sie, das aufgesetzte Gesicht abzulegen. Es hatte ihr nie gefallen, ihn anzulügen. Und jetzt vertraute sie ihm das letzte Geheimnis an: Es gibt nichts mehr, was ich für dich tun könnte, gar nichts mehr. Bald bist du allein, mein Schatz.

Sie sprachen weiter miteinander durch den Kommodenspiegel. Ganz leise, nur mit der Seele. Zwei Doppelgänger. Der Spiegel trennte sie von ihrer Körperlichkeit, man brauchte nur etwas dagegen zu werfen und ihn zu zerschmettern, und die beiden wären nicht mehr dagewesen.

Als sie aus dem Spiegelrahmen trat, war es wie das Erwachen nach der ersten Liebesnacht. Auch damals hatten sie so getan, als sei nichts gewesen, aber sie waren nicht mehr dieselben: In den verborgenen Winkeln ihrer Körper spürten sie weiterhin unweigerlich die Regungen jener Intimität. Sie trat ans Bett, stellte das Tablett auf das

Nachttischchen, und während sie die Stirn des Ärmsten nach Fieber abtastete, dachte sie, daß sie seinen Kopf mit einer Hand umfassen könnte, so klein war er geworden. Auf dem Kissen suchte sie nach ihrem Sohn Paolo, dem, der an Typhus gestorben war. So viel Zeit war inzwischen vergangen, und immer noch fragte sie sich, und nie würde sie aufhören, sich zu fragen: »Wie kann man nach dem Tod weiterleben, wie ist das möglich?«

Sie beugte sich über das Bett. Eine schüttere Haarsträhne hing von ihrem Kopf herab. Der Ärmste spürte, wie sein Blick sich salbte mit einem Öl, das langsam heruntertropfte, und in dieser Öligkeit unterschied er einen Schatten: Das war die Strähne, die über seinen Augen baumelte. Er lächelte, als müßte er sie ihr gleich zurechtstreichen. Und es war wie vor vierzig Jahren. Er sah jenes matte, allzustark duftende Blond, das seine Frau als junges Mädchen hatte. Sie folgte dem im Delirium sumpfigen Blick und fand ihre eigene armselige Haarsträhne. Nur einen Augenblick lang. Dann kehrte sie zum Gesicht ihres Mannes zurück: Er war tot.

Sie weinte nicht. Sie blieb lange bei dem Ärmsten sitzen, schweigend. Hand in Hand begleitete sie ihn ein Stück lang auf seiner Reise. Reglos saß sie auf der Bettkante, aber sie war nicht dort. Sie hatte sich von der Erdkugel und von sich selbst gelöst. Sie sah ihren eigenen Körper und den ihres Mannes von der Höhe eines immensen Felsvorsprungs aus. Nach und nach wurden der Ausblick immer weiter, die Körper dort unten kleiner, und währenddessen flogen die beiden immer höher in die Bläue des Himmels hinauf. Dann war ihre Hand auf einmal leer, und sie fand sich in ihrer eigenen menschlichen Hülle wieder auf dem Bett. Die Haarsträhne, die ihr immer noch den weit aufgerissenen Blick unterteilte, gehörte ihr nicht mehr, sie war aus Bast wie die strohigen Stoppeln einer Vogelscheuche. Verwaist schaukelte sie zwischen ihren unbeweglichen Gesichtern, und dieses Verwaistsein, das in der Leere des Todes hing, war alles, was von ihnen beiden übrig war.

Den ärmsten Toskaner trug sie immer am Leib, über ihrem verfallenen Dekolleté, in einem kleinen goldenen Käfig neben einem Milchzahn ihres toten Sohnes. Die Trauerkleidung, die Großmutter trug, war die einer nicht mehr jungen Frau. Eine Trauer ohne Eitelkeit. Kleider aus billigen Stoffresten, die in der Sonne grünliche Streifen wie Adern bekamen.

Bei seinem Tod ließ der ärmste Toskaner seinen Meerestraum auf der Erde zurück. Lange Zeit überantwortete Großmutter das Haus am Meer den Attacken der Seebrise. Der bloße Gedanke, dorthin zurückzukehren, ließ ihr das Herz stocken. Auch die Wohnung in Rom erinnerte sie an ihren Mann, aber auf andere Weise. Es war, als hätten die Gegenstände (und die Kleider, alles im Schrank) ihre Seele gemeinsam mit ihm, im gleichen graduellen Rhythmus, aufgegeben. Jedes Ding hatte Gelegenheit gehabt, sich an sein Ableben zu gewöhnen. Dank der langen Rosenkränze, die sie betete, um sich zu sammeln, hatte dieses Haus die Stufe der Resignation bereits überschritten. Es war glattgeschliffen und leer, als wäre ein Sandsturm hindurchgefegt. Doch zugleich war es auch hingegeben wie eine heilige Stätte.

In Lavinio wäre es nicht so gewesen. Hier hatte keine

Krankheit wie ein Schwamm die Lebenskraft eines Mannes ausgewischt. Das Haus hatte sich nicht von ihm verabschiedet; im Gegenteil, den letzten Besuch des Ärmsten hatte ein festliches Rasseln der Rolläden beendet, denn am darauffolgenden Sonntag sollte er wiederkommen. Der Rechen, das Saatgut, die Holzschuhe, alles stand noch so da, wie er es hingestellt hatte.

Sie überließ es den Kindern, das Haus auszuräumen. Und erst als sie spürte, daß die Zeit sie dem Schmerz unterworfen hatte, kehrte sie in das Haus am Meer zurück. Weinend ging sie durch die verlassenen weiten Räume, die von alten, modrigen Gerüchen getränkt waren. Sie wollte das Haus schnell loswerden, aber es gelang ihr nicht, es von den Gefühlen zu befreien, die an ihm hafteten. »Laß es nicht verrotten, fahrt hin, ich bitte euch darum. Fahr mit den Kindern hin!« hatte Gioacchino sie während seiner Krankheit beschworen. Also blieb es weiterhin an ihr hängen, dieser viel zu große, von Bäumen verdüsterte Kasten, der mit der Zeit unweigerlich verfallen würde.

Um die Kosten wieder hereinzuholen, begann sie, die einzelnen Wohnungen den Sommer über zu vermieten; für sich behielt sie nur einen kleinen Teil mit separatem Eingang. Mittags, wenn die Hitze erbarmungslos wurde und der Strand sich leerte, drangen (mit Holzpantinen und Schlabberhüten) fröhliche Familien in den Garten ein, mit denen Großmutter Freundschaften schloß, die auch im Winter hielten. Oft machte sie sich, um ihre Gäste von dem Geheul kleiner, von der Sonne gerösteter Kinder zu erlösen, persönlich daran, sie zu füttern, neben der Bougainvillea auf einer Luftmatratze kauernd.

Ans Meer ging sie nur selten, ganz früh am Morgen, um zu baden, solange noch niemand sonst dort war. Sie konnte schwimmen, das hatte sie als junges Mädchen in Ostia gelernt. Sie sah aus wie ein Hund: das Wasser um sie herum wie unberührt, nur das Köpfchen mit der Plastikhaube bahnte sich seinen Weg. Dann tauchte sie am Ufer auf mit ihrem wollenen Badeanzug, der unaufhörlich tropfte. Sie zog sich sofort um und blieb noch eine Weile, um ein wenig Sonne für die Knochen zu tanken.

Die meiste Zeit jedoch mied sie die Sonne. Sie nutzte die Kühle der Dämmerung oder des Spätnachmittags, um im Garten zu schuften, Konserven mit Tomatensoße abzufüllen und das Pflaster rings ums Haus zu putzen. Die restliche Zeit arbeitete sie drinnen. Sie kratzte den Ruß von den Aluminiumtöpfen, streute weißes Pulver gegen Ameisen in Tür- und Fensterstöcke, füllte und verschnürte Kartons mit altem Plunder, die sie in Stapeln aufbewahrte, zusammen mit den alten Möbeln und Elektrogeräten, die ihre Kinder wegwerfen wollten. Ihre Sommerresidenz hatte sich in einen Ableger der Rumpelkammer und der Balkone von Rom verwandelt.

Sie hatte sich so hartnäckig gesträubt gegen diesen Traum ihres Mannes, und jetzt war sie noch schuldbewußter, denn in Lavinio – obwohl sie das niemals zugab – fühlte sie sich jetzt richtig wohl. Nachlässig gekleidet und barfuß konnte sie treppauf, treppab neue, ungewohnte Orte erforschen; in ihrem Innersten spürte sie einen archaischen, animalischen Ruf, der ihr die Sommerferien im Dorf wieder in Erinnerung brachte: Wie sie in den frühen Nachmittagsstunden mit ihrer Schwester in den Pflaumen- und Nußbaumplantagen herumstreunte oder wie sie an dem Platz mit den überdachten Brunnen bei den sommerlichen Waschtagen mithalf und ihre Unterwäsche zwischen den riesigen (mit mehreren Rockschichten bepackten) Hinterbacken der Dorffrauen spülte.

Auch im Winter lüftete sie das Haus mindestens einmal im Monat. Die Fensterläden schlummerten in den zu eng gewordenen Rahmen. Sie ließ den Rost in den Angeln quietschen und schlug die Läden mit aller Kraft nach außen, gegen den bröckelnden Putz. Furchtlos schlief sie in dem menschenleeren Ferienort. Nie fanden sich die Decken, und so wickelte sie sich in die feuchten Häute irgendeines leichten Bettüberwurfs. Am Morgen prustete die Kaffeemaschine, die Gasflasche war fast leer. Und sie fegte den leichten Staub von den Fußböden und von der Terrasse, auf der sich Laub und Kiefernnadeln tummelten. Vom Meer her streute der Wind salzige Gerüche nach Thymian, Oregano und Lavendel aus. Großmutter blickte über die schiefe Hecke von Strandkiefern auf den weißen Speichel der himmelblauen Muräne, die sich dort hinten wälzte. Sobald sie begann, sich unruhig zu fühlen, hängte sie die Schürze an die Tür, zog den Mantel an und ging, mit Plastiktüten voller Schmutzwäsche und Pinienzapfen, zur Bushaltestelle. Sollte der Seewind hinter ihr doch sein Werk fortsetzen!

Der letzte Winter war voller Regen und Eis. Die Bäume, die seit mehreren Jahren schon nicht mehr zurückgeschnitten worden waren, senkten sich auf das Haus herab, und ein Teppich aus altem Laub faulte unter den Dachziegeln. Durch die Decke drang die Fäulnis bis ins Haus. Bei der Vorstellung, noch einmal das Dach neu decken zu müssen, verließ sie der Mut. Der Ärmste hätte das verstanden. Sie setzte eine Anzeige in die Zeitung und wurde das Haus in Lavinio für immer los.

In der Zwischenzeit hatte sie auch die Wohnung, in der sie mit ihrer Familie gewohnt hatte, verkauft und war in eine Dreizimmerwohnung mit zwei Bädern im Quartiere Africano gezogen. Und die neue Wohnung, so wie ich sie kannte, erinnerte an ein Versteigerungshaus oder ein Möbelgeschäft im Ausverkauf. Ein Basar, der die Persönlichkeit seiner Bewohnerin unverfälscht widerspiegelte. Auf den Sekretär im Schlafzimmer stellte sie die Fotografien ihrer verstorbenen Lieben. Der Ärmste hatte einen schönen Rahmen aus Onyx und einen würdevollen Gesichtsausdruck. Es wurde ihr zur Gewohnheit, sich ausführlich mit ihm zu unterhalten, viel mehr als früher, als er noch lebte. Mit immenser Begeisterung vertraute sie sich ihm an und stellte fest, daß er, wenn auch wortlos, ihre Meinung immer teilte. Mehr noch, als Angehörigen der Schar der Seligen hatte sie ihn befördert und wandte sich nunmehr mit der Anrede »Heiliger« an ihn.

Wenn sie an ihr eigenes Leben dachte, teilte sie es durch vier. Zuerst die Kindheit und Jugend im Haus der Eltern; gleich darauf die Ehe und die Kinder; dann jene kurze, aber intensive Zeit, als sie und ihr Mann allein waren; und schließlich ihr Witwendasein. Es war ein langsames Vorrücken in eine immer größere Leere gewesen. Und trotzdem nahm diese vierte und letzte Portion ihres Lebens, die dem Papier nach die traurigste hätte sein müssen, Großmutter in ihre großen, ätherischen Arme und hob sie in den Himmel der Leichtigkeit hinauf.

Sie begehrte mit all ihren Kräften auf gegen die Grauheit des Alters und bohrte zwei Elsternaugen in die Welt, denen nichts Glitzerndes entging. Mit dem Geld, das sie für das Haus am Meer bekommen hatte, legte sie in der Bank Sicherheiten an. Nach den Monaten der vollen Trauer und einer Phase der Halbtrauer wurde ihre Garderobe wieder lebhaft. Changierende Stoffe, Spitzen, auffällige Muster mit Gartenfrüchten, Vögeln und Punkten umhüllten ihren Körper, der in eine Korsage aus Fischbein gezwängt war. Auch ihre Sexualität war ihr nun weniger lästig. Männer und Frauen werden einander ähnlich im Alter: Das Stöckchen schrumpelt ein und kommt nicht mehr hoch, der Uterus vertrocknet. Alle weiblichen Körpermerkmale waren inzwischen ihrem alten Fleisch zur Beute gefallen, das jede Kurve aufgefüllt hatte.

Sie benutzte ihr Geschlecht allerdings weiterhin für ihre Rolle als Matriarchin, die sie ohne jede Scham für sich beanspruchte. Wenn sie ihre Söhne besuchte, steckte sie die Finger ungerührt in jede noch so intime Stelle: in die Schubladen, die Körbe mit Bügelwäsche, und drang auch in die Blicke selbst ein, die Mann und Frau tauschten, wenn die Spannungen wegen dieser dreisten Einmischung ihren Höhepunkt erreichten. Bei Tisch gaben sie ihr den Ehrenplatz, und sie schlug sich den Bauch voll. Wenn sie trank, zeichneten sich zwischen den feinen Härchen um die Ränder ihres Mundes zwei rote Weinmale ab. Uns Enkeln verzieh sie mit einer für sie äußerst ungewöhnlichen Milde die Schweinereien, die wir auf dem Tisch anrichteten. Es war schließlich nicht ihre Aufgabe, uns zu erziehen. An uns vier Schwestern, die wir auf dem Land lebten, schätzte sie die wilden, widerspenstigen Umgangsformen. Ihre Ankunft begrüßten wir gewöhnlich, indem wir sie umzingelten. Daraufhin wühlte sie in ihrer Tasche und verteilte wie Vogelfutter einzelne Bonbons, die nach Leder und nach ihrem fettigen Brillengestell aus Knochen schmeckten. Die älteste Erinnerung, die ich an sie habe, ist ein Geruch: Naphtalin und Kölnisch Wasser, womit der (wie Papier knisternde) Kunststoff ihrer Kleider getränkt war, Kleider, in denen ihre ewig feuchten Achselhöhlen schwitzten; der Geruch ihres Mundes, wenn sie, um mich zu begrüßen, die ebenmäßigen Zähne ihres Gebisses entblößte; ihr rauher Handteller, der mein Gesicht schrubbte.

Bei ihren Besuchen bei uns zu Hause wurde ihre angeborene Betriebsamkeit durch das Landleben auf die Spitze getrieben. Sie ließ sich ein Paar Gummistiefel geben und schlurfte im kotigen Schlamm des Hühnerstalls herum. Sie stöberte Eier auf, sammelte die verkrusteten Futterschälchen ein und rieb sie unter dem Wasserhahn sauber. Ihr fehlte nur noch ein Sklave. Und es wurde meine Aufgabe, hinter ihr herzutrotten, während sie mich ausfragte.

»Was hast du gestern mittag gegessen?«

»Spaghetti.«

»Und was noch?«

»Nichts.«

»Und vorgestern mittag?«

»Spaghetti.«

»Und was gibt es abends?«

»Tee.«

»Was soll das heißen, Tee! Milch?«

»Nein, Tee.«

»Und danach kannst du schlafen?«

»Ja, kann ich.«

»Und du bist nicht nervös?«

»Doch, bin ich schon. Aber von Natur aus.« Und mit einer finsteren, stillschweigenden kreatürlichen Teilnahme schaute ich auf sie, um sie wissen zu lassen, daß sie damit aufhören sollte, daß wir allein in der Dunggrube waren und ich sie mit der Mistgabel hätte aufspießen können. Den Preis für die Rettung ihres Lebens zahlte sie, indem sie ein zerknittertes Stoffbeutelchen voller Bonbons aus ihrer Tasche zog. Bonbons, die sie aus dem Heimatdorf ihrer Eltern in Ciociaria zurückbrachte.

Ins Dorf kam sie nur noch selten, zu einer Hochzeit oder irgendeinem kirchlichen Feiertag. Im Zug wartete sie darauf, daß im Fenster die Täler und Hügel voller Kornfelder erschienen, die ihrem Großvater Sauro gehört hatten, und dann sah sie hinauf zur Festung, um die herum in Gestalt von Reihenhäusern und anderen Scheußlichkeiten das neue Dorf entstanden war.

Eine inzwischen so gut wie unbekannte Verwandtschaft empfing sie dort wie eine Königin. Viele Traditionen waren erhalten geblieben; vor allem aber die kulinarische Leidenschaft des Ahnen Cerquaglia. Die Vorbereitung eines Hochzeitsmahles dauerte Wochen. Die Frauen arbeiteten ohne Unterlaß und füllten jeden Winkel mit Eßbarem. Berge von gebratenen Hähnchen mit abgehackten, versengten Hälsen türmten sich schichtweise auf den Holzregalen, zusammen mit Pfannen voller Wildgerichte, Kasserollen mit Paprikagemüse, Gesottenem und Gebratenem. Der Nudelteig war in jeder Ecke der Häuser zum Trocknen aufgehängt, und auch im Freien, solange die Sonne schien. Kühn drang Großmutter durch Dampfschwaden und Mehlnebel zu Teig knetenden Frauen in die Küche vor, wo sie sich den neuesten Dorfklatsch berichten ließ.

Nie versäumte sie es, die Gigiotta zu besuchen, eine kleine verwachsene Verwandte, die den ganzen Tag über auf einem Stuhl mit abgesägten Beinen vor ihrem Haus hockte. Wenn Gigiotta zu Ehren der Großmutter aufstand, um den Rosolio zu holen, überragte sie nicht einmal die Stuhllehne. Ihr Kopf war häßlich, aber normal proportioniert, und unter dem dürren Hals wurde die Büste immer breiter, wie bei einem Kreisel, aus dem unten dann zwei verbogene und irgendwie abgehackt wirkende Beine ragten. Die Ursache für ihre Krummheit war auch in diesem Fall das alte Laster der Gefräßigkeit gewesen. Als Kind, ein höchst verwöhntes Einzelkind, wurde sie von ihren Eltern derartig vollgestopft, daß diese sie nach dem Essen aus Angst, sie würde platzen, mitsamt dem Stuhl (wie eine Heilige bei einer Prozession) auf ihre Schultern luden und ganz, ganz vorsichtig ins Bett trugen. Tag um Tag hatten sich unter der Last dieses stets gefüllten, wie eine Trommel gespannten Ränzleins Gigiottas Beine immer mehr verbogen und waren schließlich nicht mehr weiter gewachsen.

Sie hatten allerdings gut daran getan, sie so sacht ins Bett zu legen, Gigiottas umsichtige Eltern, denn im Dorf war es nichts Ungewöhnliches zu explodieren. Lorenzo Chicchero war das passiert, den sie dann mit aufgeplatztem Bauch im Nebel fanden, unten am Fluß, wo er sich erfrischen wollte. Immer war ihm zu heiß gewesen, dem

Chicchero, und wenn jemand, der ihn bei Eiseskälte an einem Brunnen oder am Fluß traf, ihm einen Vortrag hielt wie: »Zieh dich an, Chicchero, sonst wirst du krank«, dann antwortete er immer: »Und du, friert's dich am Maul? Siehst du, ich bin eben überall Maul ...« Chicchero putzte am Tag zwanzig Eier und acht Kilo Nudeln weg und dann noch Fleisch, Wein und den Rest. Er starb, wie gesagt, indem er platzte, am Abend des Dorffestes, nachdem er das Kuttelnwettessen gewonnen hatte.

Das Reisen wurde Großmutters letzte Leidenschaft. Den Anfang machten ein paar kürzere europäische Pilgerfahrten mit dem Bus, zusammen mit einer Freundin. Bis dahin hatte sie Italien nie verlassen. Die Welt war für sie nur der Globus im Kinderzimmer gewesen, der jahrelang unter ihrem Staubtuch rotiert hatte. Nach und nach wurde sie immer vertrauter mit Reisepaß, Katalogen und Flugtickets. Entzückt blieb sie vor den Schaufenstern der Reisebüros stehen und betrachtete die großen Jets aus Pappe mit der lächelnden Stewardeß oben auf der Treppe. Sie las die Preise, die Sonderangebote, und alles erregte ihre Neugier: Wolkenkratzer und goldene Kuppeln, weiße Strände mit Palmen und felsiges Gebirge. Eines nach dem anderen studierte sie die exotischen Gesichter, die sich auf den Fotografien drängten. Am Schluß ließ sie sich von den Arabern locken und fuhr nach Tanger, wo Vittorio inzwischen lebte.

Morgens nahm sie einen Überlandbus und bummelte dann den ganzen Tag unter der gleißenden Sonne ziellos durch die Stadt, begleitet von einem kleinen Heer dunkelhäutiger Jungen, die ihr wie ein Hummelschwarm folgten, wohin sie auch ging, und dafür wenig oder nichts bekamen. Zwischen den kalkweißen Häusern schlüpfte Großmutter in eine Zeit, die träge und sinnlich war wie die Hüften der Araberinnen, die unter dem Gewicht der kühlen Tonvasen voll Wasser auf ihren Köpfen friedlich einherschritten. Dann wieder reichte es, daß sie um eine Ecke ging, und schon wurde alles gedrängter und aufregender. Kutten, die aus der Kasbah flohen, dichte und beängstigende Menschentrauben und der Markt von Tanger, wo sie etwas von ihrem eigenen Mittelalter wiederfand. Tiere, Gefäße, Werkzeug, Kleider, Zauberer: alles durcheinander auf dem Boden verstreut. Die Araber tauschten alles, Geld sah man so gut wie nie. Es gab Berge von einzelnen durchlöcherten Socken; die Frauen saßen am Boden und wühlten in den Haufen. Es gab Bader, die auf der Straße die Zähne zogen, neben sich eine kleine Feuerstelle, um die Zange zu sterilisieren, und eine Opiumkugel, die von Mund zu Mund wanderte, um die Schmerzen zu lindern. Großmutter beäugte das große Einmachglas voller Zähne, die die Zahnschmiede aufbewahrten, und aß dunkle, appetitliche Krapfen, die sie auf der Straße gekauft hatte.

Am Markt entdeckte sie einen marokkanischen Friseur, von dem sie sich den Kopf mit einem Gemisch aus Schlamm und Kräutern bestreichen ließ, das ihr weißes Haar zum Leuchten brachte wie eine Flamme. Dann, eines Nachmittags, verirrte sie sich in der Kasbah und verpaßte den letzten Bus. Vittorio hielt sie für so gut wie tot. Zusammen mit Fatima, der barfüßigen Dienerin, ging er sie suchen. In tiefster Nacht fanden sie sie: Es war ihr gelungen, sich von einem kleinen Araber aus der

Kasbah hinausführen zu lassen, und sie ging jetzt zu Fuß nach Hause, erschöpft, aber unbesorgt. »Hier braucht man keine Angst zu haben«, sagte sie, »hier läuft man wie auf Samt, nicht wie in Rom ... Und in der Tasche habe ich gar nichts!« Sie öffnete sie und hielt sie ihrem Sohn und Fatima unter die Nase: »Haltet ihr mich denn für dumm? Das Geld habe ich im Büstenhalter ...«

Sie fuhr einfach drauflos: Das war ihre Strategie beim Reisen. Geographien, Museen, Denkmäler verachtete sie ebenso wie alles, was vergraben war. Ihre Augen waren immer auf Menschenhöhe. Dorthin richtete sich ihre Neugier. Sie wählte immer beschwerlichere Routen und hörte nicht mehr auf. Sie fuhr nach Amerika, Afrika, China. Uns Kindern brachte sie Pantoffeln aus Papier mit, kleine Seifen, Bademützen, winzige Schuhputz- und Nähsets, Portionspackungen mit Marmelade: alles Dinge, die sie in den bienenstockartigen Hotels sammelte, wo sie übernachtete. Aus Japan kam sie mit dem gleichen Geschenk für alle drei Söhne zurück: einem bedruckten Teller, auf dem sie abgebildet war, in einem durchsichtigen Wegwerf-Regenmantel vor dem Tempel von Kioto.

Ein einziges Mal, zu meinem dreizehnten Geburtstag, wagte sie es, mich auf eine Reise mitzunehmen, nach Sizilien zu einer ihrer Freundinnen, die mich mit Cassata und Pasta alla Norma mästete. Das Haus stand in einem Garten, der nach Magnolien und Orangenblüten duftete. Es gab zu viele mit Fresken bemalte Korridore und zu wenige Zimmer. Ich wurde zusammen mit der Gesellschaftsdame untergebracht.

Es war heiß. Nicht einmal abends bekam man Luft. Die Gesellschaftsdame, ledig, klapperdürr und eine Art Raubvogel, war verrückt. Sie schaltete das Radio ein und löste sich mit einer katzenhaften Geste das Haar: blondes Haar und so viel, daß es ihren Körper bedeckte. »Sieh nur, von hinten sehe ich aus wie ein fünfzehnjähriges Mädchen, nicht wahr?« sagte sie und tanzte berückt zu den Sambatakten aus dem Radio durchs Zimmer. Ich gab ihr recht. Aber ihr junges Haar und die knochige Kralle, die sie aus ihrem schwarzen Unterrock streckte wie eine erotisierte Antenne, flößten mir Grauen ein, denn ich wußte ja, daß die unsichtbare Hälfte ihrer Gestalt die einer Greisin war. Sie drehte sich um und lachte, lachend warf sie den Kopf zurück und ließ sich ihr Haar auf das Gesicht fallen. Dankbar lief sie mir nach, um mich zu umarmen: »Küß mich, küß mich, küß mich«, raunte sie mit sizilianischem Tonfall und Atem.

Ich versuchte, ihren Zärtlichkeiten auszuweichen, soweit ich konnte. Sie nahm mir das nicht übel: »Komm«, rief sie mich, »ich zeige dir den Mond.« Sie schleppte mich an das bauchige Geländer der riesigen Dachterrasse: »Schau nur! Schau ihn dir gut an, diesen sizilianischen Mond, er ist anders als alle anderen auf der Welt. Dieser Mond spricht zu mir, er streichelt mich ...« Und über die welken Wangen ließen ihre Augen einzelne Kullertränen rollen, wie von einem Kind.

Sehnsüchtig erwartete ich die Abreise. Unter dem Ätna belud Großmutter mich mit Vulkangestein. Ich schmollte finster vor mich hin. Da löste sie sich aus dem Arm ihrer Freundin und zischte mir ins Ohr, wenn ich nicht aufhörte mit dieser Leidensmiene, würde sie mir auch noch eine Tracht Prügel geben. Doch ich hatte inzwischen die Nase voll von der Reise, der Gesellschaftsdame und der Cassata. Noch dazu lief vor mir ein großgewachsenes Mädchen in langen Musketierstiefeln mit hohen, dünnen Absätzen. Ich blickte auf meine Füße, die in Männerschuhen steckten, und Trübsal überfiel mich bei dem Gedanken, daß ich nie im Leben ein solches Paar Stiefel besitzen würde. An jenem Abend in dem sizilianischen Haus bekam ich meine erste Menstruation.

7

Es ist Sommer, nach dem Mittagessen. Nebenan ruht Großmutter sich aus. Ich wandere in dem schmalen Flur herum, halb nackt und schwitzend. Als ich an dem kleinen Bad vorbeikomme, spähe ich hinein: Im Halbdunkel erkenne ich ihre in der Zinkwanne aufgetürmten riesigen Unterhosen. Dieses Bad ist der kühlste Teil der Wohnung, es liegt fast immer im Schatten. Durch die Fensterluke bohrt sich ein Lichtkegel zwischen die Falten der schmutzigen Unterhosen. Unter Altersinkontinenz leidet sie vor allem im Sommer, wenn sie sich vor Durst den Bauch mit Obst vollschlägt. Dann sehe ich, wie sie wegläuft, die Hände auf dem Bauch, die Hinterbacken zusammengepreßt. Sie geht nie in das längliche, blitzende Bad, sondern sie schlüpft in dieses kleine Kämmerchen mit der Waschmaschine, der Sitzbadewanne, den aufgereihten Schuhen, dem Wäscheständer –, denn es scheint ihr eine Örtlichkeit zu sein, die besser zu ihren turbulenten Ausscheidungen paßt.

Die liegengebliebenen Unterhosen sind die Folge einer Unaufmerksamkeit: Wahrscheinlich hat sie sie ausgezogen, während sie noch auf dem Klo saß, und in die

Zinkwanne geworfen, um sie gleich zu waschen. Dann ist sie vielleicht in das große Bad gegangen, um sich auf dem Bidet zu waschen, und hat sie vergessen. Die Flecken sind eher hell, wie von einem Kind. In der sommerlichen Schwüle durch eine willkürliche Reihe von Gedankensprüngen – frage ich mich, welche Farbe wohl die berühmteste Scheiße der Familie hatte: die, die Restituta, Mondas verrückte Schwester, am Höhepunkt eines Streits in der Uniformmütze ihres Mannes deponierte. Der Hauptmann bewahrte die Kopfbedeckung auf, sorgfältig bemüht, die Verunreinigung nicht zu verändern, und vertraute sie – als unbestreitbares Beweisstück zu seinen Gunsten gegen seine unberechenbare Ehefrau für die Prozeßakten der Familie – den weißesten und unbescholtensten Händen der Dynastie an: denen von Vilde, der jungfräulichen Schwester Don Sauros. Vilde Cerquaglia blieb die einzige Hüterin jenes fäkalen Skandals. Ich frage mich, ob sie die Mütze je gesäubert oder ob sie sie unverändert in einen Schrank geräumt hat. Vielleicht in Seidenpapier gewickelt ...

Am Ende jenes Sommers begann Großmutter, die leichten Kleider wegzupacken, um Platz zu schaffen für Flanellhemden und erste Pullover. Am Himmel war eine schöne, saubere Sonne aufgetaucht, und nachdem Großmutter eine ganze Kanne Kaffee in sich hineingeschüttet hatte, beschloß sie, sich einem Berg Leintücher und Schmutzwäsche zu widmen.

Unter den Wäschestücken sind welche aus Batist und Sankt Gallener Spitze, und sie geht umsichtig ans Werk, indem sie zunächst mit einem trockenen Stück Seife die Schatten der Kragen und die Obstflecken behandelt. Einige intimere Wäschestücke weicht sie ein, den Rest stopft sie in die Trommel der Waschmaschine. Es ist eine Menge Zeug. Sie will alles an einem Tag erledigen. Die Waschgänge laufen einer nach dem anderen ab, und das klappernde Beben der Schleuder hallt in dem Bad wider. Auf den Boden, bis zum Balkon, legt sie einen Pfad aus Lumpen, der in kürzester Zeit durchnäßt ist, und auch ihr Morgenrock hat sich vollgesogen und klebt an ihren Beinen. Bevor sie die Wäsche aufhängt, beutelt sie sie und breitet sie energisch aus, damit sie später beim Bügeln weniger Mühe hat. Sie beugt sich mit dem nassen Bauch über das Geländer, um die bewegliche Wäscheleine weiterzudrehen. Mit einer Hand hält sie einen Zipfel der Kleidungsstücke, und mit der anderen klemmt sie die hölzernen Wäscheklammern fest, die sie sich in den Mund gesteckt hat. Als sie sich nicht mehr hinauslehnt, zittern ihre Beine. Sie geht hinein, um sich die nächste Wanne aufzuladen.

Abends flattert auf der Leine der trockene Inhalt mehrerer Waschmaschinenladungen. Sie werkelt immer noch im Bad herum. Erst jetzt erlöst ein kräftiges Rubbeln mit der nassen Hand ihr Gesicht von einer lästigen Haarsträhne, die sie den ganzen Tag gestört hat. Sie trocknet sich das Gesicht ab, indem sie es gegen die Schulter reibt, und denkt eine Weile still nach. Das Problem ist das Wasser, das schöne Seifenwasser, das noch so gut wie sauber ist, der Auswurf leichterer Spülgänge. Sie hat es nicht über sich gebracht, es in den Abguß fließen zu lassen. In der Sitzbadewanne hat sie es aufbewahrt und in der Zinkwanne, die in einer Ecke steht und sich in »stilles Wasser« verwandelt, ein sumpfiges Schweigen. Ans Waschbecken gelehnt, betrachtet Großmutter das trübe Wasser mit dem Schaumrand an den grünlichen Wänden der Zinkwanne: eine riesige Kröte im Schatten der Badestube. Sie hat vor, damit die Balkone zu schrubben. Nur so erscheint die Arbeit ihr vollendet.

»Auf zur letzten Tat! Die Gaben Gottes vergeudet man nicht. Wer A sagt, muß auch B sagen.« Und schon schleppt sie die Wanne in den Flur. Um den Fußboden nicht zu zerkratzen, versucht sie, sie zu tragen, doch sie ist derartig schwer, daß sie sofort darauf verzichtet. Ruckweise arbeitet sie sich bis zur marmornen Türschwelle vor, die den Zimmerboden von dem Backsteinfußboden des Balkons trennt. Die Wanne in der Schwebe lassend, halb drinnen und halb draußen, geht sie den großen Strohbesen suchen. Und dann leert sie sie aus. Das Wasser ergießt sich in den Hof mit einem trockenen Klatschen, wie ein Riß. Als der eine Balkon fertig ist, kommt der andere dran: Sie reißt die Tür auf, zieht den Rolladen hoch, und schon geht es wieder los.

Inzwischen ist es dunkel geworden. Sie knipst ein Licht im Schlafzimmer an, das auf der nassen Terrasse schimmert. Ihre Füße und Hände sind blutleer, vom Wasser aufgeweicht. Ihre Haut zieht sich zusammen vor Kälte. Sie nimmt die lila Häkelstola aus der Plastikfolie und wickelt sich hinein. Die Sauberkeit, die sie draußen auf den Balkonen hinterlassen hat, müßte sie eigentlich in gute Laune versetzen. Aber nicht heute abend. Der Kopf wird ihr schwer, es drückt sie gegen die Schädelhöhle, und die Gedanken beißen sie in die Knochen wie gefangene Tiere. Sie würde sie gern austreiben: Doch es geht nicht. Sie ist unruhig, verzweifelt. Sie könnte unter ihrer Stola sitzen bleiben und im Geist den langen Arbeitstag noch einmal ablaufen lassen, jetzt, wo auch die Putzlumpen im Eimer ruhen. Und all die Nässe mit in den Traum nehmen. Bei geschlossenen Lidern könnte das Wasser die ganze Nacht hindurch aus den Hähnen fließen, über die Waschbecken fluten, aus dem Bidet, aus der Sitzbadewanne, aus der großen Badewanne fließen und die Zimmer überschwemmen, und inmitten dieser Lagune würde sie trocken und warm mit ihrem Bett schaukeln. Morgen früh wäre dann von all diesem Wasser und all der Müdigkeit nichts mehr übrig als ein wenig Sand in den Augen, der sich mit einem Finger ablösen ließe: erst ein Auge und dann das andere.

Sie preßt die Nase an die Scheibe, um erneut zu kontrollieren, ob dort draußen nicht doch noch etwas zu tun ist. Nein, alles schweigt, ohne weitere Arbeit zu verlangen. (Trautes Heim, Glück allein ...) Sie schlendert herum, nimmt ein paar Gegenstände in die Hand und stellt sie etwas anders wieder hin. Die Gesten ähneln ihren üblichen Gesten, aber es sind nicht dieselben. Eine neue Art von Unwohlsein hat sie befallen: Der Kopf, die Arme, die Beine, alles kribbelt. Das Herz schlägt schnell, und je mehr sie sich beunruhigt, desto schneller rast es. Sinnlos, im überquellenden Medizinschränkchen zu suchen. Die einzige Rettung wäre der Schlaf, aber Schwäche und Angst gehen heute abend Arm in Arm. Zum erstenmal wird ihr ihre Einsamkeit, die sie immer so mühsam verteidigt hat, zur Last.

Sie läuft auf und ab. Die Wohnung um sie herum ist geschrumpft. Hier das Schlafzimmerfenster, dort das vom

Wohnzimmer, hier das Bad, dort das kleine Bad, die Eingangstür: vier Schritte reichen aus, und schon steht sie wieder an derselben Stelle. Der Kopf ist ein Tollhaus, das alles aufnimmt und wieder ausstößt. Und in diesem Delirium sieht sie zum erstenmal, wie in der Wohnung verstecktes, unheimliches Leben wuchert. Alle Geheimnisse, die sich in den letzten Jahren angesammelt haben, stürmen auf sie ein. Zum Teufel! Die Hand, die die Gegenstände nimmt und verschiebt, wird brutal. Die Wohnung wird immer enger: Nun scheint die Eingangstür sich dort zu öffnen, wo der letzte Geranientopf auf dem Balkon blüht. Wie schmal ist doch dieses Stück Fußboden im ersten Stock, mit anderen schmalen Stücken von Fußböden darüber und darunter! Immer wütender rast sie durch die Zimmer. Jeder beliebige Ort, auch der abweisendste, würde ihr weniger trügerisch vorkommen. Sie reißt das Schränkchen auf und wühlt noch einmal mit beiden Händen in den Medikamenten. Sie findet die Schachtel und schluckt ohne Wasser zwei Beruhigungspillen, die wie Steine in ihrem Magen aufschlagen. Erst jetzt fällt ihr ein, daß nach dem Geblubber des Kaffees den ganzen Tag lang nichts mehr durch ihre Gedärme geflossen ist. Ein Hoffnungsschimmer zeichnet sich ab: Vielleicht war es das Fasten, das sie zusammen mit der Müdigkeit so in die Knie gezwungen hat.

Sie geht in die Küche. Die rosa Schachtel ist voller abgebrannter Zündhölzer. Sie schüttet sie auf den Tisch, um zu sehen, ob nicht doch ein brauchbares darunter ist. Während sie dem Wassertopf über der blauen Flamme zusieht, nimmt sie einen Arm in den anderen und streichelt sich, als wolle sie sich selbst ein wenig liebhaben.

Sie ist jetzt ruhiger, die Krise ist vorbei. Schließlich gelingt es ihr, ganz still zu sitzen. Der Widerschein der Gasflamme vibriert auf ihrem Gesicht und in ihren himmelblauen Augen.

»In ein paar Tagen werde ich siebenundachtzig ich habe Hunger ich weiß nicht aber wenn ich esse tut mir das vielleicht gut ich werfe einen Brühwürfel ins Wasser und wärme mir den Bauch dann werde ich müde und morgen hilft mir Gott schon weiter morgen geht's mir gut nein morgen mache ich's noch besser ich nehme den Achtundfünfziger und fahre zuerst zur Piazza Vittorio und zahle die letzte Rate von dem Sofa das kann ich wirklich brauchen es paßt gut ins Wohnzimmer ich muß nur die Lampe umstellen dann fahre ich ins Ghetto und mache mir ein Geburtstagsgeschenk ich leiste mir den himmelblauen Stoffrest mit den Monden und laß mir von der Schneiderin ein Kleid nähen genau wie das von Flora nein vielleicht die Ärmel ein bißchen weiter Puffärmel mit Manschetten enge Ärmel stehen mir nicht gut es stimmt schon ich brauche eigentlich keins ich habe jede Menge Kleider sie sagt wirf doch was weg aber wie könnte ich sie sind doch nagelneu ein wenig überholt vom Schnitt her aber die Mode kommt bestimmt wieder Pünktchen trug man als ich jung war und dann waren sie wieder da als dieser Heilige von Gioacchino schon tot war dann waren sie lange wieder weg und diesen Sommer ist alles voller Pünktchen nächste Woche mache ich ein schönes Paket und wenn das Rote Kreuz kommt gebe ich es ihnen aber den Stoffrest den hol ich mir ein bißchen Luxus muß sein was für ein Leben ist das denn sonst ich hab so viel knausern müssen und nie die Nase gerümpft sollen doch jetzt die anderen einmal sparen komm ich bitte dich keiner erinnert sich mehr an den Hunger während des Krieges und wenn du es ihnen sagst lachen sie dich aus der Krieg und was ist denn der Krieg recht hatte er der Lehrer in Lavinio der von dem Kind das keine Salami wollte und sie auf den Boden geworfen hat verlangte daß es sich hinkniet und die dreckige Salami küßt ich wußte nicht mehr wohin ich schauen sollte während das Kind sie ohne einen Mucks gegessen hat mit riesigen Kullertränen denn es hatte eine Heidenangst vor dem Vater das arme Geschöpf der Vater ist ein herzensguter Mensch der keiner Fliege etwas zuleide tun könnte ich fand es übertrieben Frau Nachbarin sagte er zu mir als Kind während des Krieges habe ich nachts von so einem Stück Salami geträumt heute kann ich es nicht mit ansehen daß jemand Essen wegwirft auch nicht einen Bissen Brot er hat recht auch ich kaufe immer nur ein Brötchen lieber habe ich Hunger als daß ich Brot wegwerfe auch wenn ich den ganzen Schrank voller Schuhe habe aber als die Kinder klein waren habe ich sogar das warme Wasser gespart alle zusammen habe ich sie jeden Tag den Gott werden ließ gebadet und umgezogen und die Kleider die ich ihnen auszog weichte ich sofort ein mit Aschenlauge ich habe mir ein Bein ausgerissen die unglaublichsten Sachen habe ich gemacht aber bei mir zu Hause hab ich es an nichts fehlen lassen auf der Straße sahen alle meine Jungen an wie ordentlich sie gekleidet waren nur ich wußte wie viele schlaflose Nächte ich mit Marietta dagesessen habe in einer Nacht trennte ich die Mäntel auf wendete sie und nähte sie wieder zusammen und am nächsten Morgen waren sie wie neu lieber Himmel wieviel Marietta geredet hat mir dröhnte der Kopf halb blöd war sie wie besoffen vielleicht trank sie auch aber nein wo hätte sie das Zeug denn herhaben sollen sie lachte und lachte sei ruhig das Wasser kocht jetzt werfe ich die Suppennudeln hinein wo sind sie denn nie finde ich das was ich suche eines Tages muß ich gründlich ausmisten hier in diesem Schrank die alten Nudeln werf ich weg denen trau ich nicht mehr ach nein ich gebe sie Vittorio die tun sie ins Hundefutter den Rest fülle ich in Einmachgläser aber nicht die alten Marmeladengläser die mit den rostigen Deckeln ich geh lieber zu Standa und hol mir die mit Vakuumverschluß die zehntausend Lire geb ich aus so muß ich mich nicht mehr mit dieser Küche herumschlagen wie schön der Kalender von Frate Indovino ist er hat Abbildungen die aussehen wie Gemälde denen geb ich das Geld gern auch unter dem Waschbecken müßte ich mal aufräumen ich hol die Putzmittel raus und die Seifenreste ich hab keine Lust mehr sie einzuweichen den Mädchen gefallen sie allerdings gut meine Seifenbälle ich hab zu nichts mehr Lust ich bin müde ich bin alt was gibt es da zu lachen so ist es du bist alt jetzt paß auf die Brühe kocht über der Topf ist zu klein siehst du Mist jetzt ist das Gas ausgegangen aber die Suppe ist sowieso schon fertig sie schmeckt gut so heiß wer weiß ob noch ein Stück Parmesan übrig ist ich glaube der schmeckt nach Kühlschrank lieber nicht diese Suppe ist besser die macht mich wieder lebendig wieviel Wasser ich heute vergossen habe die Nässe sitzt mir in den Knochen aber es mußte sein ich konnte die Wäsche nicht weiter vor sich hin stinken lassen die Suppe schmeckt nach gar nichts es fehlt das Salz jedesmal wenn ich die Augen hebe steht dieses Dingsbums vor mir dabei habe ich es den Kindern hundertmal gesagt ich wollte keine Spülmaschine ich bin allein soll ich etwa die Teller darin verschimmeln lassen ich könnte nicht mehr einschlafen er sagt es ist für die Familienfeiern aber da sind wir doch so viele was macht das schon ein paar Teller abzutrocknen frage ich mich und ich sage allein die Mühe sie unters Wasser zu halten du kannst sie ja nicht einfach reinstellen wie sie sind und wenn ich mir sowieso schon die Hände naß gemacht habe dann kann ich auch gleich aber nein das verstehen sie einfach nicht so wie mit dem Staubsauger nicht angerührt habe ich den er steht immer in der Besenkammer ich darf gar nicht daran denken schon die Mühe ihn da herauszuholen und dann diese ganzen Bürsten und der Beutel wenn man nicht aufpaßt platzt der und dann ist die ganze Wohnung voller Staub nein es ist so was von umständlich kommt und holt ihn wieder ab sage ich ihr könnt ihn brauchen ihr habt große Wohnungen aber was soll ich denn damit nächstes Mal schenkt ihr mir besser eine Reise die Suppe mag ich nicht mehr sie schmeckt wie die die Esterina und Fermina immer machten Samstag nachmittag gehe ich auf den Friedhof und bringe meinen Kusinen Blumen nie liegt eine Blume auf ihrem Grab immer sind da nur meine vom letztenmal ganz verwelkt wie dünn Esterina war aber in der Familie sind alle so dünn gewesen von Natur aus sie zog sich an wie eine alte Jungfer auch als sie jung war klar daß sie keinen Mann gefunden hat wie soll man auch wenn man so angezogen ist in diesen toten Farben da laufen die Männer ja weg dann zieh dir noch meinetwegen nicht gerade Rot aber doch wenigstens ein schönes Hellblau oder Lila an aber nein grau von Kopf bis Fuß so war Fermina auch ihr ganzes Leben lang mit Hasenzähnen erst mit dem Gebiß wurde sie die los aber wieviel Gutes haben die beiden zusammen getan immer waren sie die ersten immer die ersten wenn es ums Helfen ging und jetzt liegt nicht einmal eine Blume auf ihrem Grab so geht's am Ende hast du geschafft und geschafft und geschafft hast du gar nichts wie mein Bruder reden wir nicht davon nach allem was ich für ihn getan habe hast du gesehen was der Dank war nicht einmal ein Taschentuch hat er mir vermacht wenn er wenigstens ein Taschentuch genommen und zur Seite gelegt hätte und gesagt hätte das ist für sie ach was nichts eine Schande ist das widerlich die ganze Zeit habe ich ihn gepflegt und wer brachte ihm denn das Essen zwischen den Papierbergen wer hat seine Stromrechnungen bezahlt ich sonst hätten sie ihm auch noch das Licht abgedreht denn immer war er woanders mit dem Kopf wer hat denn je etwas verlangt von ihm und nach der Beerdigung hieß es laßt euch Zeit mit dem Testament doch da hatten sich diese Bauerntrampel diese Gauner schon alles unter den Nagel gerissen das sollen sie erst einmal vor dem Herrn erzählen diese Gentlemen aber das Böse das man tut kommt mehrfach zurück dem Herrn entgeht nichts dieser Heilige von Gioacchino der hat mich so geliebt nur daß er zu früh gegangen ist wäre er noch da alles wäre anders gekommen aber was soll's ich war allein ich bin allein ich bin voller Ängste voller Ängste die Sorgen bringen mich noch um wer weiß ob noch ein Stück von diesem Weichkäse da ist nein ich habe keinen Appetit mehr mir kribbelt es in den Beinen die Gummis von diesen Strümpfen sind zu eng ich muß sie herunterrollen so lang habe ich jetzt nicht mehr an diese Geschichte gedacht ich denke an den Film meines Lebens meinte Tante Restituta ja ja wenn man gewisse Dinge erzählt glauben die Leute man ist verrückt keiner glaubt mir aber ich will niemanden auf den Arm nehmen sie sagen wenn ich die Sachen vergessen könnte wäre es weniger schlimm für mich aber ich kann einfach nicht ich erinnere mich an absolut alles jetzt ist mir als würde der Lehrer mich fragen wie mein Vater heißt und ich schämte mich zu sagen Offredo das G hat die Katze gefressen hätte die Klasse gegrölt ich weiß nicht wie mein Vater heißt ich habe es vergessen sagte ich alle nennen ihn Herr Lehrer guten Morgen Herr Lehrer guten Abend Herr Lehrer er heißt Herr Lehrer Herr Lehrer Herr Lehrer und ich weinte ich weinte ich weine Mist ich weine weil alles wieder vor mir auftaucht als wäre es jetzt als würde es hier in der Küche passieren gerade da neben dem Waschbecken der ganze Film meines Lebens läuft vor mir ab der Wievielte ist heute ich kann es nicht lesen die Brille wo ist die Brille (auf deiner Nase Großmutter auf deiner Nase) ach ja ich habe sie auf ein Glück wo hätte ich sie denn auch suchen sollen ich bin so müde an manchen Tagen bin ich stark wie ein Löwe da habe ich soviel Kraft wie mit vierzig was sage ich da könnte ich Bäume ausreißen aber heute abend bin ich so matt laß mich den Teller und diese zwei Dinger abspülen sonst stehen die morgen früh noch da und der Tag fängt schon schlecht an wenn dieser Wasserhahn nur einmal richtig schließen würde ich muß jemanden rufen lieber Himmel die sind imstande und verlangen für das Festdrehen von dem Abflußrohr hier unten ohne weiteres zwanzig- oder dreißigtausend Lire laß mich ein paar Schritte machen los ich drehe das Licht aus mein Gott wie weh meine Beine tun ich setze mich noch einen Augenblick in den Sessel und bete einen Rosenkranz im Fernsehen kommt sowieso nichts und dann ab ins Bett ich bin ja so müde wo ist denn die Stola schon wieder hin Mist Vater unser im Himmel geheiligt werde dein Name dein Reich komme ...«

Später kommt der Sohn bei ihr vorbei. Zufällig. Mit einer Hand macht sie eine vage Geste und sagt: »Eine Zange, eine Zange hier in der Brust, dann eine große Hitze und die Arme und die Beine ... ich weiß nicht.« Der Arzt kommt, ein sympathischer Mann, der immer zu einem Scherz aufgelegt ist. Beim Abhören bringt er sie zum Lachen. Auch der Sohn scherzt und raucht eine Zigarette vor der Mutter mit dem bloßen Rücken. »Der Blutdruck ist ein bißchen hoch«, sagt der Arzt, »aber in Ihrem Alter kann das passieren. Wenn Sie allerdings auf Nummer Sicher gehen wollen ...« Er rät ihr, ins Krankenhaus zu gehen und sich dort untersuchen zu lassen. Sie – und das ist ungewöhnlich – widersetzt sich nicht. Sie hat Angst: Sie will nicht noch einmal allein bleiben. Außerdem hat sie ein schlechtes Gewissen. Dem Sohn, der sie gefragt hat: »Mama, was hast du heute getan? Sei ehrlich, hast du dich überanstrengt?«, hat sie geantwortet: »Aber nein, zwei Sachen ... ich habe zwei Sachen gewaschen.« Sie nimmt nur einmal Wäsche zum Wechseln mit, in der Plastikreisetasche der Japan Airlines. Sie verläßt die Wohnung, als käme sie sofort wieder, ohne sich umzudrehen. Andere Male hat sie vor der Abfahrt mit einem Blick die Stille abgemessen, die sie hinterlassen würde. In der Küche bleibt, in eine Serviette eingewickelt, ein Brötchen übrig, das hart werden wird wie ein Stein.

Die Nacht über rührt sie sich nicht: Sie liegt auf dem Rücken, die Hände flach auf dem Bauch. Ihr Bett steht neben dem Fenster, der Schlafsaal ist dunkel. Zwei Neonröhren, die an dem Deckengewölbe des Korridors angebracht sind, strahlen bläuliches Licht aus, das sich in den Bettgestellen spiegelt. Ein Seufzer bricht aus irgendeinem Schlaf hervor. Im Dunkeln erforscht sie das schlafende Zimmer. Wie offenstehende Mäuler hängen die Infusionsbeutel über den Betten. Es herrscht eine Ruhe, die Formalin und vorbeiziehendes Essen ausströmt. Von fern dringt gedämpftes Gelächter, aus dem sich bisweilen eine schrille Frauenstimme abhebt. Das sind die Krankenschwestern, die in der Geborgenheit ihres Zimmers die Holzpantinen ausgezogen und die mit weißem Helanca bestrumpften Beine auf die Stapel mit den Krankenjournalen hochgelegt haben. Sie rauchen und überprüfen in kleinen Schminkspiegeln die violetten Schatten, die der Nachtdienst unter ihren Augen zeichnet. Als es Zeit ist, geht eine von ihnen den Flur entlang. Sie wirft in jedes Zimmer einen Blick und verharrt, um dem Röcheln eines kranken Atems zu lauschen. Als sie bei den Toiletten angekommen ist, kehrt sie um.

Vielleicht hat Großmutter diesen weißen Schatten vor ihrer Tür stehenbleiben sehen, hat versucht, sich bemerkbar zu machen, aber ihr Bett ist weit weg, am Fenster, und sie hat nicht die Kraft zu schreien. In demselben Moment beschleunigte die Krankenschwester ihren Schritt, um sich wieder zu dem allgemeinen Geplauder zu gesellen. Um was zu erzählen? Na ja, das Übliche: der Mann, der entweder immer nur das eine will oder aber nie Lust hat, die Strafzettel und der Parkplatz, der zu weit weg ist, die Kinder, die nicht lernen wollen, ein Kochrezept und dann ... Was noch? Jede Menge anderes, das Leben ist ein einziges Geschwätz.

Und in der Zwischenzeit läuft Großmutters Leben ab. In dem betagten Tunnel einer ihrer Venen stockt ein wenig von dem blutigen Bodensatz, *et les* jeux sont faits ... Wenige Sekunden lang wird der Kopf nicht durchblutet, und schon gehört sie zur stillen, vegetativen Dimension des Lebens: wie der Brokkoli, der Blumenkohl, der Mangold, die Zichorie, der Löwenzahn. Durch diesen Flur der Gartenfrüchte geht es direkt in das letzte Zimmer, wie wenn man fragt: Wo ist das Bad?, und zur Antwort bekommt: Direkt gegenüber. Also, jetzt kommt das Zimmer, das vor uns allen liegt. Was darin ist? Nichts, bestimmt nichts. Du weißt doch, wie es ist, wenn du eine Tür aufmachst und ins Dunkel trittst, danach ist es nicht etwa so, daß du einfach im Dunkeln bist. Nein. Da drin ist nur noch das hungrige, verfressene, fette Dunkel, das sich gütlich tut. Und dich gibt es nicht mehr. Dich wird es nie wieder geben. Verschwunden! Wie bei einem Zaubertrick. Wäre sie zu Hause geblieben, wäre Großmutter sicherlich schnurstracks mit ihren Schuhen in diese Kammer spaziert. Statt dessen bleibt sie in diesem Schlafsaal im oben genannten vegetabilischen Halbdunkel, denn – Überraschung! – die weißen Krankenschwestern tauchen wieder auf, die unbefleckten Zofen des Spitals. Zufällig hat eine von ihnen Großmutter mit dem Kopf nach unten auf dem Bett liegen sehen (ein Zipfel des Bettuchs ist durchweicht von Körpersäften), die Zunge ganz hinten im Gaumen verklemmt, und hat sie ihr herausgezogen. Dann sind auch die anderen herbeigeeilt, mit Riesenspritzen und Mehrliterflaschen mit Kochsalzlösung für Zweihundertvierzehn. So heißt die Großmutter seit diesem Abend.

Schöne Scheiße, das Leben, wenn es anfängt, dich beim Spiel mit dem Tod wie einen Ball hin- und herzuwerfen! Das gehört mir, das gehört dir: Sollen sie sich doch vorher einigen und diese Grenzen genauer festsetzen. Wenn man nachrechnet, hatte Freund Hein folgendes bereits mitgenommen: beide Beine, eine Schulter mit dazugehörigem Arm und den halben (vielleicht dreiviertel) Oberkörper. Was den Schweinestall im oberen Auswuchs der Rübe betrifft, das heißt, das Denken, das Fühlen, das Erinnern – und andere Trost- und Kummerware –, so reicht das wenige, was Großmutter geblieben ist, aus, sie zerspringen zu lassen vor Schmerz. Ja, denn im Licht des Morgens, als sie sorgsam gewaschen und sogar gekämmt ist, schwimmen dicke Tränen in ihren Quallenaugen.

»Nicht weinen, Schätzchen. Was gibt's denn da zu weinen?« Die dickliche Hand einer Krankenschwester trocknet ihr liebevoll die Wangen, als striegle sie ein Tier, und bläst ihr stark nach Kaffee riechenden Atem ins Gesicht. Ich gehe durch die zwei Bettreihen hindurch, um zur Großmutter zu gelangen. Die anderen Kranken drehen ruckhaft wie Hennen die Köpfe und messen bei jedem

Schritt, den ich näher komme, den Grad meines Bedauerns. Ich stehe am Fuß ihres Bettes. Sie scheint mich nicht zu sehen. Von Zeit zu Zeit sperrt sie den Mund auf und kaut Luft. Die ungelenke Zunge verhängt sich mitunter am Gaumen. Ob sie sprechen will? Oder vielleicht hat sie Durst? Ihr Gesicht hat einen wächsernen olivgrünen Ton. Die umgedrehten Innenseiten ihrer Arme sind übersät mit Blutergüssen: Sie haben offensichtlich erst ein wenig herumgestochert, bevor sie die Vene fanden. Meine Hand streicht Großmutter durchs Haar, dann halte ich instinktiv die Finger an meine Nase. Ihre Bettnachbarin lächelt mich an. Das Gesicht dieser Frau will ich zur Erinnerung aufbewahren wie diese kleinen Knöpfe aus schwarzem Stoff, die man zum Zeichen der Trauer ans Kleid steckt. Später kam der Friseur, um sie zu scheren, denn ihre Haare lagen inzwischen büschelweise auf dem Kopfkissen. Dreißig Jahre alt, groß und hager war sie und hatte einen kleinen Sohn und einen verängstigten Mann, der sich bereits auf die zukünftige Einsamkeit einstellte. Sie hatte überall Metastasen, ich glaube nicht, daß sie den Herbst überlebt hat.

Großmutter schlägt die Augen auf. Ein Spuckefaden läuft ihr übers Kinn, ich trockne ihn mit dem Zipfel des Bettlakens ab. Ich hole mir einen Stuhl und neige mich zu ihr hinunter, bis mein Kinn auf dem Kopfkissen ruht. Jetzt ist ihr Gesicht ein riesiges Gebiet, das es zu erforschen gilt. Die geplatzten Äderchen ranken sich die Wangen hoch. Die Nase ist eine unförmige, schwammige Wucherung. Um den Mund herum hat die Schlamperei der vergangenen Jahre einen Friedhof voller Kreuze gegraben, eins neben dem anderen.

»Ach, Groooßmutter ... Ich gebe dir ein Stück von meinem Leben ab. Hörst du, wie stark und gleichmäßig mein Herz schlägt? Es könnte dir helfen, deines besser zu durchbluten, wir könnten versuchen, sie zusammenzuschließen. Wollen wir gemeinsam die Pfropfstelle suchen? Wo bist du denn? Im Käfig mit Hänsel und Gretel, im Lebkuchenhaus der Hexe? Ach, Großmutter! Großmutter, Großmütterchen, Holzkopf, Strohkopf, Rettichkopf, Sumpfkopf ... Was für einen Kopf hast du jetzt? Laß uns beide wieder Kinder werden ... Komm, ich erzähle dir eine Geschichte. Es war einmal ein Kind namens Rotkäppchen, das ging mit einem Korb voller Köstlichkeiten in den Wald. Du weißt doch, was ein Eichenhain ist, eine Laubwand, unter der man die Nässe atmet, und wenn du ihn verläßt, riechst du nach Moos, nach modrigem Holz, nach Knollen und Flechten, denn der Wald hat versucht, dich zu verschlucken, die Gesellschaft deines Raschelns nicht freizugeben? Also, darin spaziert die Kleine und hat keine Angst, denn sie ist eine, die singen kann, um sich nicht allein zu fühlen, mit dem Fuß Steine schleudern und von weitem einen Pfifferling von einem weißen Wiedehopf unterscheiden kann. Kurz, eine, die sich zu helfen weiß. Also machen wir, daß ich das Kind bin, der Wald ist dein Gebrechen und der als Großmutter verkleidete Wolf bist du, die du die himmelblauen Spitzen deines Morgenmantels trägst, mit diesem dunklen Teint und einer Ladung Gemüse im Kopf. Großmutter ... Großmutter ... Warum hast du so einen großen Mund ... Jetzt lach schon. Lach, du Schelm. Spielst du nicht gern mit mir? Welche Wege soll ich gehen ... Wo kann ich dir wieder begegnen?

Oder begegnen wir uns etwa nie wieder ... Du hast immer gesagt: ›Plötzlich, im Schlaf. An einem Tag lebst du noch, und am nächsten bist du schon nicht mehr da.‹ Wie ein Tier hast du den Tod gerochen, gestern abend, in jedem Winkel deiner Wohnung. Aber du hattest nicht den Mut dazubleiben. Im Bett hättest du dich verbarrikadieren sollen, in der Mulde, die dein Körper über die Jahre geformt hat, und alles hätte dort vollbracht werden sollen. Während des Krampfes hättest du auf den Boden rollen können und das Nachttischchen mit der goldenen Putte mitreißen, und vielleicht wärst du auf dem gottverdammten gestreiften Bettvorleger krepiert, der durch die Art und Weise, wie du morgens deine Latschen auf ihn stelltest, verstand, welche Laune du den Tag über haben würdest. Die schmutzige Wäsche wäscht man zu Hause, man trägt sie nicht tropfend in der Gegend herum. Du hattest doch so viel davon gewaschen, warum hast du nicht auch diese letzte Peinlichkeit allein gespült? Warum hast du sie den kleinen weißen Krankenschwestern gebracht? Du bist selbst hierhergekommen, auf deinen eigenen Beinen. Jetzt, du Maulwurf-Robbe, verlang bitte nicht von mir, daß ich dir ein Kopfkissen aufs Gesicht drücke. Warum sollte ich mir eine solche Schererei aufhalsen? Jetzt ist es zu spät zum Sterben. Heute morgen wird gelebt. Willst du, daß ich dir die Wahrheit sage? Du wirst nie wieder die alte sein. Vor einer halben Stunde ist ein hübscher, von exotischen Ferien sonnengebräunter Arzt vorbeigekommen, mit einem freudestrahlenden Gefolge, und hat sich nicht einmal die Mühe gemacht, auf den Flur hinauszugehen, um lauter brutale Dinge über deinen Zustand zu verkünden: ›Die Patientin hört sowieso nichts‹, sagte er. Ich hätte am liebsten ihre Kittel zerfetzt, ihre Sonnenbräune mit meinen Fingernägeln blutig gekratzt, um dich gegen diesen Mangel an Respekt zu verteidigen. Die erste Mißachtung. So geht es los, dann geht mit der Zeit jede Art von Vorsicht flöten. Arme Großmutter, immer hast du die Krankheit und die Verletzlichkeit gemieden. Den Unglücklichen und den Verlierern schriebst du eine weit zurückliegende Schuld zu: ›Hüte dich vor den von Gott Gezeichneten!‹ Weißt du noch, wie oft du mir das zugezischt hast, wenn wir an einem Krüppel vorbeikamen, dem du nichtsdestoweniger eine Münze gabst? Dein Glück, daß ich nicht vom gleichen Schlag bin wie du, denn jetzt bist du selbst eine von Gott Gezeichnete. Da bist du wieder: auf der Wäscheterrasse, lachend zwischen den flatternden Leintüchern. Der Hintergrund ist ein schreiendes Blau. Und in diesem Schrei gibt es keine Unreinheiten. Ein Vogel fliegt ganz weit oben, und du siehst ihm zu. Vielleicht liegt hier der Schlüssel zu allem: in diesem Flug, an dem du nur einen Augenblick lang flüchtig teilhaben konntest. Du wärest gern in die Ferne geschweift wie der Vogel. Aber wer von uns würde nicht gern fliegen, statt auf der Erde herumzukriechen. Die heisere Luft pfeift schmerzlich aus der Höhle deiner Lungen. Ruhe sanft, Großmutter ...«

Eine säuerliche Schwade, dann rollt in einem stählernen Wagen mit vielen Unterteilungen das Essen herein. Die Krankenschwestern füllen es in die Schüsseln. Ich gehe auf den Flur hinaus und setze mich auf einen Stuhl aus grünlichem Kunstleder. Ich habe das Gefühl, Horden von Mikroben würden auf mich einstürmen. Wenn ich diese Strafanstalt verlasse, werde ich bereits von Lepra befallen sein, die mich langsam zerfrißt. Aber gleich danach kommt mir ein ganz banaler Gedanke: Ich blicke auf meine schmutzigen Schuhe und nehme mir vor, sie zu putzen, sobald ich zu Hause bin. Was für eine unglaubliche Anpassungsfähigkeit der Mensch doch hat! Ja, jetzt ist es schon fast normal, daß Großmutter da drüben in diesem Gemüsegarten liegt.

8

Die Gehirnhälfte, die dem linken Teil des Körpers Impulse gibt, erwachte fast vollständig wieder. Großmutter blieb folglich in zwei unterschiedliche Hälften geteilt, zwischen denen es keine Grenzüberschreitung gab: eine tote und eine lebendige. Als drei Monate vergangen waren, entließ die Krankenhausdirektion die Nummer zweihundertvierzehn mit dem Rat, sie in einem speziellen Heim zur Rehabilitation von Gelähmten zu internieren. Das Pflegeheim befand sich außerhalb der Stadt an der trostlosen Peripherie Roms, nahe einer Auffahrt zum Autobahnring. Es gab dort einen Garten und eine kleine Bar mit einem Pavillon, wo die Kranken – die im Trainingsanzug in ihren Rollstühlen herumfuhren – umständliche Treffen zu einem Eis oder einer Limonade organisierten.

Die Bushaltestelle am Krankenhaus ist die letzte vor der Endstation. Mit mir steigen auch die wenigen Passagiere aus, die noch übrig sind. Es sind fast alles Frauen. Sie kommen, um ihre vom Schlag getroffenen Männer zu besuchen. Vertraulichkeiten über das Eheleben vor dem

Unglück werden ausgetauscht. Einige leiden sehr; anderen hingegen scheint die Abwesenheit des Mannes im Haus neue Kraft zu geben. Im Gänsemarsch gehen sie die Straße entlang, in der Hand eine Plastiktüte mit noch warmen, in eine Serviette gewickelten Leckerbissen.

Schnell gehe ich durch das Tor und schlüpfe in den großen Aufzug, den für die Betten. »Ich bin im Lift der Gelähmten, der Verseuchten, der von Gott Gezeichneten«, denke ich beim Hochfahren. Ich stehe in der Mitte, ohne das infektiöse Metall zu berühren, und sobald die Automatiktür es zuläßt, stürze ich hinaus. Anbau Ost, zweites Zimmer links, erstes Bett neben der Tür: Dort ist die Großmutter. Als ich den Kopf hineinstecke, reißt sie die Augen auf und reckt mit der Grausamkeit eines Kuckucks im fremden Nest den Hals mit dem kahlen Schädel. Sie erkennt mich gleich. Sie schreit meinen Namen: »Du, auf dich habe ich schon gewartet.« Und sie wiederholt meinen Namen noch lauter: »Zieh mich hoch! Zieh mich hoch!« Ich gebe ihr einen Kuß, und sie umschlingt meinen Hals mit ihrem lebendigen Arm, den die Not noch stärker hat werden lassen. Sie zittert vor Aufregung, denn sie hat immer Angst, verlassen zu werden, obwohl die Söhne extra eine Krankenschwester für sie eingestellt haben, die sie sauberhält und mit ihr Krankengymnastik macht. Großmutter ist jedoch mit diesem Riesenweib von allzu schlichtem Gemüt nicht warm geworden. Sie ist unhöflich zu ihr und weigert sich, sie zu duzen. »Sie brauchen sich nicht zu kümmern, wenn meine Enkelinnen kommen, machen die das schon ...« Und sie wartet auf mich, ihre Läuferin. Das Laufen ist ein Spleen von mir. Im Winter dürfen die Bettlägrigen nicht hinaus an die frische Luft. Aber ich sterbe bei dem Anblick von Großmutter, die hier eingepfercht ist, blaß wie ein Suppenhuhn, arroganten Krankenpflegern ausgesetzt, die mit weißen atmungsaktiven Pantoletten zwischen den Betten herumschlurfen und zwischen einer Marlboro und einem Griff an die Genitalien über die sonntägliche Fresserei oder den Abgang eines Kranken schwafeln. Ich möchte sie herausholen aus dem Gestank der türlosen Klos.

Ich mummele sie sorgfältig ein und lade sie mir auf den Rollstuhl. In einem weniger frequentierten Flügel des Krankenhauses schubse ich sie durch die leeren Gänge. Weg, nur weg von dieser Demütigung. Schnell weg. Ich lasse den Rollstuhl los: nur einen Augenblick lang. Sofort halte ich ihn wieder fest und renne, renne und gebe ihm einen noch stärkeren Schubs. Ich bleibe stehen. Mein Blick, der ihr folgt, ist von einer Vision getrübt: Sie ist schon ziemlich weit weg, das gehäkelte Bettjäckchen flattert im Wind, die wild gewordenen Räder surren über den Fußboden, sie winkt mit der lebendigen Hand und fährt. Sie fährt allein auf die Glastür ganz hinten zu. Die Scheibe zerspringt. Ich höre das Zerbersten des Glases, das Geklirr der Scherben, die innen auf den Boden fallen, während Großmutter mit ihrem Rollstuhl schon in der Luft ist, jenseits des blauvioletten Neonlichts. Für immer. Eine Sekunde mehr würde ausreichen, damit meine Halluzination Wirklichkeit wird. Statt dessen stürze ich vorwärts, um sie mir rechtzeitig wieder zu schnappen. Ihr Herz pocht: Diese Momente des Schreckens sind die einzigen, in denen sie sich lebendig fühlt. Ich lade sie in den Fahrstuhl, umgehe die

Kontrolle der Pfleger-Gefängniswärter, und hinter dem Haus stehlen wir uns hinaus.

Draußen wartet der gemeine Winter jenes Jahres auf uns. Ich binde Großmutter ihr Seidentuch um die Stirn, wodurch sie aussieht wie ein Hund mit Kopftuch. Ihre Haut wird straff und rosa durch die Feuchtigkeit, die in der Luft hängt. Der tote Arm rutscht von dem Tischchen, auf dem er abgelegt ist, und baumelt herab. Ich merke es nicht gleich, deshalb bittet sie mich: »Tu mir den Gefallen, Kind, heb mir diese Hand auf, sie tut mir weh.«

Hinter dem Krankenhaus ist ein Pfad, der in eine Wiese mündet. Neben der Ruine eines Bauernhauses und eines alten Stalls verfolgen Großmutter und ich, ohne ein Wort zu sagen, die schnelle Dämmerung des Winterhimmels. Sie im Rollstuhl, mit der karierten Decke über den Beinen; ich abseits auf einem Ziegelstein, die Knie am Mund. In der Ferne, hinter einer Wildnis aus Gestrüpp und kranken Zypressen, zeichnen sich die ersten Mietshäuser ab und die düsteren Rauchschwaden einer Müllverbrennungsanlage. Die Wiese wimmelt von Katzen, die maunzend zwischen den Abfällen des Krankenhauses nach Nahrung suchen. Ich streichle ihre buckligen kleinen Rücken, während die Großmutter eine Tüte mit Essensresten auf den Boden fallen läßt, die sie mitgebracht hat. Die Katzen laufen in Scharen herbei und fressen alles auf, dann streichen sie um ihre Schienbeine. Ich hebe ein paar am Nackenfell hoch und werfe sie der Großmutter in den Schoß. Die Katzen sträuben sich nicht, sie lecken ihre Pfoten und putzen sich den Kopf. Sie lacht, so angenehm ist es, diese kleinen warmen Dinger gegen den eigenen Körper zu spüren. Ich denke an das Kaninchen meines Vaters. Am liebsten würde ich zu ihr sagen: »Da, Großmutter, ich gebe dir ein schönes Kaninchen, eines von denen, die man am besten nach Jägerart zubereitet. Du weißt doch, wie man Kaninchen nach Jägerart macht, oder?« Ob sie zusammenzucken würde? Wer weiß. Sie lächelt ihr schiefes Lächeln (genau wie die Bösen in den Zeichentrickfilmen), das nur zur Hälfte den Impulsen der Nerven gehorcht. Ein schauerliches Grinsen, über dem flehende Augen um Verständnis heischen. Sie erinnert mich an eine unserer alten Hündinnen, die sich unter einem Holzstoß versteckte und die Zähne fletschte, um ihr totgeborenes Junges zu beschützen.

Es ist kalt. Es ist dunkel. Aber sie bittet mich nicht zurückzugehen. Ihr reicht es, mit mir zusammen im Freien zu sein. Ich könnte sie die ganze Nacht lang hier draußen behalten. Sie gehört mir. Sie verlangt nach mir mit allem, was an ihrem Körper noch lebendig ist. Jetzt könnte ich ihr alles heimzahlen und sie aus der Welt schaffen wie sie das Kaninchen meines Vaters, ich brauchte nur die Riemen meiner Tasche um ihren Hals zu schlingen. Und dann zuzusehen, wie sie blau anläuft, und zu schreien: »Warum? Warum hast du ihm das Kaninchen getötet, du Sau?!« Oder aber sie im Rhythmus eines makabren Kinderreims niederzumetzeln: »Ein Schwein ist, wer kleine Bübchen kastriert, ein Schwein ist, wer Kaninchen massakriert, einem einsamen Bübchen ist es passiert ...« Ihre Leiche würde ich auf der Wiese liegenlassen, mit den wimmernden Katzen um sie herum. Aber was für einen Sinn hätte das, nach so langer Zeit ... Die Arme, sie hat ja auch einiges durchgemacht! In ihrem Gesicht gibt es keine Spur mehr von den alten Untaten. Wenn man alt ist, ist man so verblödet, so vergeßlich, was die eigene Schlechtigkeit angeht ...

Über ihrem kopftuchbedeckten einsamen Haupt zögert meine todbringende Hand einen Moment lang in der Luft: Zeit genug, damit daraus eine Liebkosung wird und dann noch eine. Großmutter, wo entsteht das Böse? Wo dümpeln die finsteren Gedanken? Stürmisch überhäufe ich dieses gedemütigte Gesicht mit Küssen, und sie – die mit Liebesbezeugungen immer sparsam umgegangen ist – vertraut sich jetzt ganz meiner körperlichen und primitiven Form des Liebens an. Vergessene Tränen hängen in ihren Augenwinkeln, bevor sie ihr Gesicht mit Streifen überziehen. Vielleicht ist es auch die Kälte. »Ich habe Hunger, ich habe Hunger«, quengelt sie wie ein Kind. Sie spürt ihren leeren Magen und verlangt nach ihrer Selleriesuppe. Ich löse die Bremsen. Es geht wieder los.

Die zerkochten, aufgequollenen Suppennudeln tropfen vom Kinn auf das Handtuch, das als Lätzchen dient. Ein paar sammle ich während des Fütterns mit dem Löffel wieder auf. Es ist ein langsames, monotones Ritual, dem sie sich gehorsam unterzieht. Doch läßt irgendeine unergründliche Eingebung sie zusammenzucken, und sie spuckt ohne Vorwarnung alles, was sie im Mund hat, wieder aus. Ihre Lippen saugen sich an den Zähnen fest bei dem Versuch, deutlicher zu sprechen, und sie fragt: »Wie hieß der kleine Mönch aus den *Verlobten?* Wie hieß der nur?« Das ist ein ewiges Rätsel.

»Fra' Galdino, Großmutter«, antworte ich, aber ich weiß schon, daß einmal nicht genügt. »Fra' Galdino«, wiederhole ich. Sie hört nicht mehr auf: »Fra' Galdino, Fra' Galdino ...« Ein krampfhaftes, atemloses Wiederkäuen; dann verstummt sie mit der gleichen Intensität und läßt sich brav, aber geistesabwesend füttern, so als wäre sie damit beschäftigt, den Namen des Mönchs an eine abgelegenere Stelle ihres aus den Fugen geratenen Gehirns zu räumen. Bald darauf schwillt ihr Gesicht von neuem an. Sie hält den Mund offen, vergißt die Zunge unter dem Essensklumpen. Ohne sich darum zu kümmern, daß sie noch nicht hinuntergeschluckt hat, plärrt sie: »Wie hieß der kleine Mönch aus den *Verlobten,* dieser schüchterne, gottesfürchtige, wie hieß der bloß? Los, sag schon was, du kommst doch gerade aus der Schule.« Sie hat mir eine Suppennudel ins Gesicht gespuckt. Ich antworte ihr nicht mehr. Mit der gleichen schläfrigen Lethargie, mit der ich als Kind die Wege der Ameisen betrachtete, starre ich auf die Suppe, die ihr den Hals hinunter in die Kleider rinnt.

Als das Essen beendet ist, schaut Schwester Schwarte herein (eine Nonne, die wegen ihres schweinchenhaften Aussehens und ihrer ständig besudelten Kutte so genannt wird), um uns zum Vespergottesdienst einzuladen. Die Kapelle befindet sich im Souterrain des Heims, neben den Vorratskammern und den Küchenräumen. Es ist ein notdürftig zweckentfremdetes Zimmer, das nur zweimal in der Woche als Kirche dient. Da die Gemeinde sowieso im Rollstuhl kommt, gibt es nicht einmal Bänke. Die wenigen Stühle – aus einem Kindergarten – sind für die Nonnen und die Krankenschwestern da. Ich stelle Großmutter, mit einem schwarzen Schleier auf dem Kopf, neben dem Altar ab. Der Priester beginnt mit der Messe. Er stellt im Parament einen untadeligen Oberkörper zur Schau. Unten jedoch ist der bestickte Saum dann doch nicht lang genug, um Straßenschuhe und Anzughose zu verbergen. Ich verliere mich im Bordeauxrot seiner Socken. Großmutter ist noch weniger als ich von der Liturgie ergriffen. Sie legt keinen Wert mehr darauf, sich im Hinblick auf das Jenseits mit Jesus Christus und den Heiligen gut zu stellen, nachdem sie ihr auf Erden diesen üblen Streich gespielt haben. Die anderen Kranken, die sich um uns drängen, sind noch bettwarm und schwitzen in ihren Trainingsanzügen aus Polyacryl. Ich gehe hinaus, um ein wenig durchzuatmen. Schwester Schwartes Vorhaltungen holen mich in die Kapelle zurück: »Komm, Fräuleinchen, Beeilung ... Deine Großmutter ruft dich. Komm ... Um Himmels willen ... Sie stört den Gottesdienst ...«

Die Blöde schreit wie eine Besessene: »Wo bist du? Wo bist du denn ... Fahr mich raus.« Die Hand, die ich ihr auf die Schulter lege, ist eine Zange. »Großmutter«, zische ich, »sei ruhig, ich bin ja da. Wir können erst gehen, wenn die Messe zu Ende ist.« Ich hebe den Rosenkranz auf, den sie auf den Boden geworfen hat, und sie packt mich mit der gesunden Hand an den Haaren, die sie dabei energisch zwirbelt: »Bring mich weg von hier«, schreit sie, »ich muß pinkeln. Sonst tu ich's hier ...« Ich schaffe es nicht, mich aufzurichten, so sehr zerrt sie an mir, und von unten her flehe ich: »Laß mich, Großmutter, du tust mir weh!« Alle Augen der lädierten Gläubigen sind auf uns gerichtet, ebenso die des Priesters, der sich, um das Gezeter zu übertönen, während seiner schmachtenden Homilie bis zu Eunuchenhöhen emporschwingt. Am liebsten würde ich hineinbeißen in diese Pranke und Großmutter dann dort sitzenlassen und nie wieder besuchen. Soll sie sich ruhig vollpissen ... Von mir aus kann sie soviel pissen, wie sie will. Statt dessen mache ich mich daran, sie hinauszufahren, und zwinge die anderen Rollstühle zu gefährlichen Manövern. Vor der Klotür stelle ich sie ab. »Ich rufe jetzt eine Krankenschwester«, knurre ich, »die kann dich auf die Kloschüssel setzen ...« Sie läßt mich ein paar Schritte gehen, dann ruft sie: »Jetzt muß ich nicht mehr. Die Lust ist mir vergangen bei dem ganzen Tamtam ...« Die Lampen werden schwächer. Das ist das Zeichen, daß die Besucher das Krankenhaus verlassen müssen. Ich bringe sie auf ihr Zimmer, ziehe mir meinen Lodenmantel an und gehe. Als ich schon auf dem Flur bin, höre ich ihre Stimme, die mich zurückruft. »Was ist denn, Großmutter?« frage ich. Sie antwortet nicht, sie sieht mich nur an. Aber selbst als ich endlich am Fahrstuhl angekommen bin und die Tür sich hinter mir schließt, höre ich immer noch die Qual jener Stimme. An einem Kiosk neben der Bushaltestelle kaufe ich mir eine Ciavatta: einen Pantoffel aus Blätterteig, innen feucht und gespickt mit kandierten Früchten. Und mit dem süßen Geschmack im Mund werde ich sie los.

Nach und nach löste Großmutter sich von allem, was sie umgab. Auf einem Turm von Kissen thronend wie ein Säulenheiliger, streifte sie mit ihrem Blick vorüberziehende Erinnerungen und bezog, undurchdringbar, eine

Stellung jenseits von Zeit und Raum. Wie ein altes Piratenschiff mit einer Kruste aus Fleisch und Dreck, das an einem sommerlichen Strand aufläuft und von der Horde der Badenden geentert wird, so stellte auch sie sich mit stummer Feindseligkeit dem Hinterhalt der anderen Kranken. »Stehst du heute nicht auf?« fragten sie sie mit einer Vertrautheit, zu der sie nicht autorisiert worden waren. Inzwischen teilte sie mit ihren Unglücksgenossinnen nicht nur das Zimmer und die Pflege, sondern auch Kummer, Groll und Wünsche; trotzdem ignorierte sie sie weiterhin und verachtete an den anderen ihre eigene Situation als Behinderte, mit der sie sich nicht abfinden wollte.

»Sie hat einen Dickkopf wie ein Maultier, sie macht einfach nicht mit«, sagte die Krankenschwester und spielte währenddessen zerstreut mit Großmutters regungslosen Fingern, als würden die Glieder dieser gedemütigten Hand nicht zu einer Person gehören. Großmutter hatte für die Krankenschwester leere Augen und verstopfte Ohren. Dieses innere Exil hatte sie gewählt, um nicht noch den letzten Rest des Sensoriums zu verlieren, der ihr geblieben war und den sie ganz darauf konzentrierte, ein Wundermittel zu finden, um wieder zu Kräften zu kommen. Unter dem Siegel der Verschwiegenheit vertraute sie mir an: »Ein richtig starker Stromschlag, und schon bin ich wieder auf den Beinen ...« Sie wollte um jeden Preis, daß ich ihren Rollstuhl in einen elektrischen Stuhl verwandelte, denn sie war überzeugt, daß ein drastischer Elektroschock ihr die Freuden des Laufens wiederschenken würde. Doch in mir fand sie nicht die erhoffte Unterstützung.

Dann öffnete ich eines Tages zufällig eine Tür des Pflegeheims und entdeckte einen improvisierten, in Schweigen versunkenen Ballettraum. Am hinteren Ende gab es einen großen Spiegel, und ringsherum an den Wänden entlang zog sich ein eisernes Geländer. Der Raum war denkbar unpassend für diesen Ort, man dachte unweigerlich an Tutus mit Tüllsäumen, zarte, blutjunge Beine, Blütenkränze über den Frisuren und: *un-deux-trois* und *relevée* und *plongée* und eine Lehrerin mit französischem R. Statt dessen sprudelte nach kurzer Zeit die widerspenstige und ausgebleichte Mähne einer pummeligen Krankenschwester durch die Tür und hinter ihr ein Schwarm von scheppernden Rädern. Von ihren Rollstühlen aus reckten die Kranken ihre Hände der Stange entgegen und versuchten, sobald sie sie erwischt hatten, mit unmenschlicher Kraft, sich hochzuziehen. Die meisten fielen völlig erschöpft wieder zurück, doch ohne den Mut zu verlieren, legten sie sich sofort wieder ins Geschirr zu einem neuen Klimmzug. Ohne sich um die gedemütigten Tänzer zu kümmern, kratzte die Krankenschwester sich den Lack von den Fingernägeln.

Ich beschloß, einen Versuch mit Großmutter zu machen. Sie saß gerade mit ihrem Rollstuhl in einem dottergelben Licht. Mit geschlossenen und samtigen Augen genoß sie die Sonne wie eine Eidechse. Als ich sie mit einem Kuß streifte, riß sie sofort die Augen auf und schimpfte: »Es ist heiß! Siehst du, die Schwester läßt mich hier schwitzen. Gehen wir rennen.« Ich ließ sie ein wenig den Flur auf- und absausen, doch dann schob ich sie in den Ballettsaal. »Heute machen wir ein Experiment, Großmutter … Traust du dir das zu?« fragte ich sie. Sie knurrte kaum merklich, aber ich erkannte ihre Aufregung an der Art, wie sie den Oberkörper reckte, als ich sie an die Wand schob. Ich blockierte die Räder des Rollstuhls. »Los, schnell, bevor jemand kommt«, mahnte ich. Sie umklammerte die Stange mit der gesunden Hand. Ich kniete mich hin, um ihre Beine richtig auf den Boden zu stellen. Dann hob ich den untauglichen Arm hoch, der neben dem Rad baumelte, und legte ihn auf meinen Rücken: Er lastete schwer auf mir wie ein totes Tier.

»So, los jetzt. Stoß die Beine ab. Fest. Steh auf, steh auf!« feuerte ich sie an. Großmutter streckte den Hals, als wolle sie sich damit hochziehen. Ich spürte, wie mein Rückgrat (das von einer Schlange durchfurcht war) sich unter dem Gewicht der Alten wand. Mit einem kräftigen Stoß gelang es mir, sie hochzuziehen und gegen die Wand zu lehnen. So hielten wir inne, um unseren keuchenden Atem auszuscheiden, schmerzlich vereint wie zwei Hunde, die sich nach dem Paarungsakt nicht voneinander lösen können. »Jetzt laß ich dich los ... Ich laß dich los, ja?« ächzte ich und zog mich vorsichtig unter ihrem Körper heraus. Sie blieb wenige Sekunden lang stehen – während deren sie nur deshalb nicht hinfiel, weil sie zu sehr nach vorn geneigt war –, doch die genügten mir, um sie noch einmal in ihrer Gesamtheit zu betrachten, in der ganzen Schmach ihres Trainingsanzugs, der über ihrem knochigen Hintern welk herunterhing. Die Beine hatten jene künstliche Position eingenommen, die typisch ist für leblose Gegenstände. Ich hielt meine arme Athletin ganz fest an den Schultern. Sie zitterte am ganzen Leib, aber sie hielt durch. Sie war fest entschlossen, die Stütze der Beine wieder heraufzubeschwören, auch wenn sie unterhalb des Beckens nichts spürte. Doch schließlich bat sie mich mit einem Seufzer – fast einem Aushauchen – um Hilfe: »Die Beine, die Beine sind weich wie Butter ... Laß mich runter ...« Ihre Oberschenkel schwankten wie junges Schilfrohr. Bevor ich sie noch stützen konnte, hatte sie sich schon allein rücklings in den Rollstuhl geworfen.

Ich hob das Plaid auf und deckte sie damit zu. Großmutter stank nach Eisen: An der Stange hatte sie geschwitzt. Da fiel mir erst auf, daß der Raum schlecht geheizt war, und ich bekam Angst, daß sich ihr Schweiß in Eis verwandeln könnte. Ich selbst war starr vor Kälte. Ich schlang die Arme um meinen Körper, und das rauhe Reiben meiner Hände auf der Wolle des Pullovers war das einzige Geräusch, das in dem Raum zu hören war. Dann brachen Großmutters Schluchzer plump und herzzerreißend hervor wie das Gebrüll von einem Schlachthof: »Ich habe es dir doch gesagt ... Stromstöße ... Aber du wolltest ja nicht auf mich hören ... Du hast nicht auf mich gehört ...«

Diese Nacht hatte ich, eingehüllt in Leintücher, die nach mir dufteten (und nur nach mir), einen Traum ... Großmutter ist ein schwanzloser Straßenköter, der mir im Dunkeln auf einer Straße nachläuft, die voller Leuchtstreifen ist wie auf den Postkarten von nassen, nächtlichen Städten. Weg – husch, husch! – verzieh dich, du räudiger Köter. Und da bin ich als Kind, wie ich mit einem weißen Kopftuch aus einer ländlichen Kirche komme. Eine der Spitzen fällt mir direkt in die Stirn. In den Händen trage ich die kratzigen, langen Stiele eines Mohnblumenstraußes mit zerknitterten Blütenköpfen. Auf der Erde, neben einem Holzpflock, hockt ein Lumpenbündel, aus dem eine bettelnde Hand ragt. Ich beuge mich hinunter, um in diese Hand meine erschöpften Blumen zu legen, die rot sind wie das Blut, das ich erst jetzt bemerke: Es läuft in einem dünnen Rinnsal von meinem Handgelenk in die Hand des Bettlers. Aus den Lumpen erhebt sich ein Gesicht: wieder sie, die Großmutter, mit einem schmalen, verklärten Lächeln, das sanft und traurig ist wie das der Madonna. Sie will mein Blut! Über die Landschaft legt sich der sengende Lichthof der Sonne, der das Blutrinnsal austrocknet, und auch die Mohnblumen sterben und verlieren schwarze Blütenblätter. Das Lumpenbündel löst sich von dem Pflock und rutscht die Stufen der riesigen Freitreppe einer Kathedrale hinunter. Ich laufe los, um es aufzufangen. Das weiße Tuch fliegt mir vom Kopf und landet auf dem Ast einer skelettartigen Pappel. Die Treppe hört gar nicht mehr auf. Das Bündel rollt hinunter, und als ich unten ankomme, ist da anstelle der Großmutter nur noch ein Fleck mit schwarzer Flüssigkeit. Ein Fleck, der sich immer mehr ausbreitet. Der von der Gluthitze erschlaffte Himmel über mir hat nur noch Augen: die bösen roten Augen des Schwanzlosen, die Augen der Großmutter, die mich festhalten wie das Gewissen, wie der vieläugige Gott, der sich in den Filmen der Nonnen beim Katechismus drohend aus den rötlichen Wolken erhebt. Vom Himmel herab ein Schrei: Enkeltochter, du darfst mich nicht sterben lassen, du kannst dich dem Auftrag nicht entziehen, mit dem meine Augen dich versehen haben. In dir sind sie wieder aufgetaucht aus dem uralten Strudel des Bluts. Sie haben schon viel gesehen, bevor du zur Welt kamst, um sie wieder aufzunehmen. Genau deine Augen, die richtete mein Vater immer auf seinen Arm, der auf der Brüstung des Balkons lag. Erinnerst du dich noch an das Webmuster jenes Jacketts, das im Lauf der Jahre immer lockerer wurde? (Ja, Großmutter, ich erinnere mich.) Und jetzt, mein kleiner Sohn, erinnere mich an jenen milden Oktobermorgen, als du deine Augen schlossest, vor dem gesenkten Kopf einer Jungfrau, die ich neben dich gestellt hatte, um dich aufzuheitern. Du starbst an Typhus, und dabei warst du noch nicht einmal acht Jahre alt. Erinnerst du dich? Schau, dort hinten in der Küche: Der ärmste Toskaner schneidet das Brot auf und lächelt dich an. Er dreht uns ein wenig die Schulter zu, um ein Stückchen zu klauen. Schmeckst du dieses Brot? Und deine Urgroßmutter Monda, deren räuberische Augen sich in den Schimmer der Perlen ergießen? Die Frische dieser Perlen trägst du um deinen Hals. Spürst du das? (Ja, ja, ja.) Du darfst den Schalter nicht abdrehen, du darfst sie nicht aufhören lassen. Diskret wie rücksichtsvolle Gäste suchen sie dich manchmal auf und begleiten dich. Verweigere ihnen nicht diese paar Schritte. Nimm sie mit. Nimm mich mit. (Neiiin …)

Ich steige aus dem Bett und bin im Garten. Ich laufe über die Felder, dort, wo die Sonne unterging, als ich klein war. Danke, alte Großmutter, für die Einladung zu diesem leiernden Familienwalzer, zu dem sich die ganze Sippschaft dreht: jede Runde ein neues Gesicht. Mein

Ballheft ist randvoll! Sag mir, wem soll ich die Ehre des ersten Tanzes gewähren? Warum ausgerechnet ich... Weshalb glaubst du eigentlich, daß ich euch allen ähnlich bin? Wenn das Blut tatsächlich mit so viel altem Trödel vollgestopft wäre, dann könnte es gar nicht mehr fließen in unseren Adern. Meines ist noch dazu anämisches Blut. Schau her, ich ritze mich mit einem Zweig. Siehst du, wie hellrot es ist? ... Du nutzt mich aus, weil du weißt, daß ich nicht an die Zeit glaube und sie für eine Erfindung halte, eine Lüge, die dem Durchzug auf der Erde einen Rhythmus gibt. Man ist dort, wo es keinen Anfang gibt und kein Ende. Dazwischen ist das Leben. Und alles dreht sich, dreht sich, dreht sich ... Die Dinge? Die Dinge kehren zurück. Die Gesichter kehren zurück. Jetzt, wo es für dich zu Ende ist, suchst du nach Seelen, in die du einfließen kannst. Meine suchst du, meine Seele. Diebin meiner Augen, meiner guten Absichten ... Du weißt, wie gern ich mit dir und deiner Schwester mitgekommen wäre, um in deinem Dorf die Hügel aus trockenem Kot hochzuklettern oder mit meinem Großvater, als er ein Kind war, zu spielen, daß wir uns mit dem schwarzen Knopf der Mohnblumen einen Stern auf die Stirn tätowieren. Wenn du mich fragst, ob ich an diesen Orten, euren Orten, gewesen bin, ja, ich habe das Gefühl, ich sei dort gewesen. Und daß jene Frau, jener Mann, jener Alte, jenes Kind – wer auch immer – ich war. Das Problem war deine Wohnung. Dein Sammelsurium von Erinnerungen. Die schwarze Rumpelkammer und die unscharfen Porträts von Leuten, die schon tot waren, bevor ich auf die Welt kam. Liebe, die mir vorenthalten blieb. Wie sehr habe ich mir gewünscht, alle meine kindlichen Ahnen zu befreien und mitzunehmen, um ihnen einen meiner Tage zu schenken. Ihnen die Methode beizubringen, die ich erfunden hatte, um alle an der Nase herumzuführen. Oh, ich wußte mir schon zu helfen! Ameisenhaufen, in denen ich nach Herzenslust herumstochern konnte, Raupen zum Sammeln: kleine, die ausschieden, mittellange, lange und ellenlange, die ich auf den großen Kopfsalatblättern weidete... Dann gab es die Liste der zu meinen Spielen geladenen Gäste, deren phantastische Gesellschaft ich besonders schätzte: Magamaghella und Mastrozigoga, die ihre Eier mit dem Hinterteil des Eisvogels legt. Ich bin schlau und schillernd, grün im Frühling und von einem verbrannten Braun am Ende des Sommers: wie die Gottesanbeterin mit ihren langen Strohhalmbeinchen. Da sind sie ja endlich. Sie sind zu mir gekommen. Einer nach dem anderen tauchen sie zwischen den Schollen auf. Urgroßvater Offredo: anwesend. Urgroßmutter Monda: anwesend. Ururgroßvater Sauro Cerquaglia, Cerquaglia-Schwestern: anwesend. Großvater Gioacchino... Du auch, Onkel Paolo. Kommt, es geht los. Wir kehren alle in die Kindheit zurück. Alle mir nach durch den roten Sonnenuntergang der Felder. Im Gänsemarsch ziehe ich los mit meinem schäbigen Bataillon von Vorfahren. Ich laufe als erste voran, mit einem Federbusch auf dem Kopf. Vorwärts! Und die Sonne rutscht sacht in den Horizont wie eine Hostie, die in einen Briefumschlag gleitet... Eine Stimme schreit: Und ich? Auch du bist hinter mir über dem Abgrund des zerborstenen Berges. Großmutter! Anwee-ee-eesend, wiederholt das Echo im Tal aus Travertin. Rette mich, mein Enkelkind! Wenn du mich schon nicht am Leben lassen kannst, dann laß mich wenigstens in dir wieder aufleben. Nein, du gehörst noch nicht zu den Unsrigen. Du mußt noch warten, bis Freund Hein sein Werk in dem weißen Tal vollendet hat. Es sind die Leintücher deines Sanatoriums, die der Wind bläht wie Segel, die das Tal weiß werden lassen. Gemeinsam mit dir krümmen sich auf der unbefleckten Ebene andere gezeichnete Seelen, greiser Atem, der die Kissen zum Glühen bringt. Doch auch ihr, meine Seelen, werdet gehen, eine nach der anderen. Die grauen Kissenbezüge kommen zum Desinfizieren, und andere kleine Köpfe, andere dunkle Flecken werden sie aufarbeiten. Auch für dich wird es so sein, du schamlose Alte, die du dich unten aufdeckst und in Richtung des verdorrten Blütenkranzes deines Geschlechts rufst, damit jemand mit einer Salbe kommt und dir ein wenig Frische aufträgt. Was hat es dir genutzt, daß du dir ein Leben lang die Röcke über die Knie gezogen und das rote Flüßchen zwischen den Schenkeln versteckt hast? Du hast keine Scham mehr, du bist nicht mehr in der Lage, welche zu haben. Das hast du schnell gelernt. Du reißt dir die Leintücher vom Leib, als würden sie dich verbrennen. Hättest du früher gewußt, daß du wieder mit gespreizten Schenkeln daliegen würdest wie ein Neugeborenes, dann hättest du während der Vereinigung nach dem Himmel verlangt und wärest dem Schutz des Dunkels in deinem Hochzeitszimmer entflohen. Im Freien hättest du dich nehmen lassen, unter dem silbernen Laub eines Olivenbaums, in meinem Garten.

Der älteste Sohn holte sie zu sich nach Hause, er warf sogar seine Frau aus dem Ehebett und legte die Mutter hinein, um immer in ihrer Nähe zu sein; aus Angst, er könnte sie nicht hören, wenn sie nachts nach Hilfe rief. Er hängte auch die Badezimmertür aus, damit der Rollstuhl leichter durchfahren konnte. Ich weiß nicht, wie viele Nächte Mutter und Sohn zusammen so dagelegen haben, und auch nicht, was sie einander sagten oder welche Gedanken jeder im gegenseitigen Schweigen vor sich hin spann.

Die Verstopfung, die im Krankenhaus von einem allzeit bereiten dunklen Häufchen getrockneter Pflaumen auf dem Nachttischchen veranschaulicht worden war, verschlimmerte sich innerhalb weniger Tage und wurde zu einem Darmverschluß. Großmutter machte sich deshalb keine Sorgen. Im Haus ihres Sohnes fühlte sie sich sicher: Es erschien ihr wie ein erster Schritt in Richtung ihrer eigenen Wohnung. Großmutter wiederholte nur, daß sie daran gewöhnt war, keinen Stuhlgang zu haben, und daß man verstopfte Waschbecken eben wieder frei machen muß. Inzwischen hatte sie allerdings keine Lust mehr zu essen. Abführmittel und Klistiere nutzten nichts. Und der Arzt wies sie erneut mit allergrößter Dringlichkeit ins Krankenhaus ein.

Es war ein unglaublich mit Licht geizender Nachmittag, als sie das Haus verließ. Diesmal war die Klinik wunderschön, umgeben von der Frische einer satten Wiese und immergrünen Bäumen: ein Ort zum Aufatmen im hektischen Herzen der Stadt. Nichts Überflüssiges störte, nicht einmal eine Leuchtanzeige. Eine Glyzinie tröpfelte ihre Blüten auf die Einfriedungsmauer mit einer Marmorplatte, in die ein kleines, unauffälliges Kreuz und der Name einer Heiligen eingraviert waren. Das Antlitz derselben Heiligen war im Empfangssaal hinter dem Eingangstor unter dem Glas einer rautenförmigen Vitrine eingeschlossen. Seit dem Ausbrechen der Krankheit hatte kein Ort Großmutter mit solcher Milde empfangen. Hier wurde nicht gekämpft, und das erschien mir wie eine Vorahnung. Die langen Flure erstreckten sich in ihrem polierten Glanz mit rechts und links aufgereihten Türen aus heller Buche. Hinter diesen Türen war die Krankheit, abgesondert in den stillen, großen Zimmern.

Auch sie bekam eines davon. Die niedergeschlagenen Gesichter von uns Angehörigen wechselten sich ab an ihrer Seite. In den folgenden Stunden war der blendendweiße Schichtwechsel der Nonnen das einzige Geräusch, das ins Zimmer drang. Alles war so weiß und geräuschlos, als wären die Stille und die Reinheit eine Vorschrift. Die Nonnen sprachen nie. Wenn es nötig wurde, baten sie uns mit einer kleinen Kopfbewegung, hinauszugehen oder uns vom Bett zu entfernen. Sie lächelten wenig und schüchtern, von echtem Mitleid mit dieser Unbekannten erfüllt. Sie fürchteten den Tod nicht. Bei seiner Vorbereitung manifestierten sie den Mut der Freundlichkeit. Ihrem Bruder, dem Tod, widmeten sie Gebete, und er war für sie ein sanfter Gedanke, ein Übergang, wie die Geburt. Diese Menschlichkeit, die sich unerwarteterweise rings um Großmutter ausbreitete, erschien mir wie eine letzte Belohnung. Die Nonnen pflegten sie mit zartesten Berührungen ihrer geröteten (entsetzlich sauberen) Finger. Wenn sie sich über sie beugten, ging das weiße Baumwollkäppchen, das den Kopf unter dem Schleier umschloß, einen Spalt weit auf, und ich konnte ihr Haar sehen: Die Farbe war jedesmal eine Überraschung. Ich stellte sie mir von ihrem Joch befreit vor, mit dem Haar als natürlichem Rahmen für ihre Gesichter. Derartig nackte Gesichter, daß sie beinahe unanständig aussahen. Arme Nonnen, Engel mit Kupferausschlag – geopfert in einer Welt, die so sparsam ist mit Berufungen.

Ich saß an Großmutters Bett und sah hinaus. Im Fenster gab es nur den Himmel. Regelmäßig wurde das Blau von dem Zweig einer immergrünen Pflanze durchpflügt: Ein Wind war aufgekommen, dessen Stimme draußen hinter den Scheiben blieb. Währenddessen begann ihre Zeit zu rasen. Ich hätte am liebsten das Fenster aufgerissen, damit ein Lufthauch die Starre des Zimmers in Bewegung versetzte; aber ich war es leid, mich gegen alles aufzulehnen. Zudem lud dieser Ort dazu ein, sich zu fügen. Ich ging zum Fenster und sah mit Grauen auf die Geometrie der gepflegten Vegetation, die in Beete und zwergenhafte Hecken gezwängt war. Von untätiger Rastlosigkeit getrieben, ging ich wieder zum Bett. Die Dunkelheit senkte sich ohne Vorwarnung herab: Ich war mit meinen Gedanken woanders gewesen, und jetzt war im Fenster kein Himmel mehr zu sehen. Es war eine mondlose Nacht. Plötzlich beunruhigt, drehte ich mich um: Obwohl sie die Augen aufs Fenster gerichtet hatte, schien Großmutter dieses Verlöschen nicht bemerkt zu haben. Die Traurigkeit gehörte mir allein. Ich wußte, daß sie beim Sterben nur weiße Wände um sich herum haben würde und ein blindes Fenster, das das Hinaussehen nicht mehr lohnte. Ich zog die Vorhänge zu. Keine Morgendämmerung würde ihn wieder für sie zusammensetzen, diesen blauen Ausschnitt, der stellenweise ins Grünliche verlief. Kein Himmel mehr, keine Bäume mehr, keine Küsse mehr ... Nichts. So ist der Tod.

Ihre Augen wurden wieder glänzend. Sie glitzerten wie Fischrücken und wirkten auf mich wie ein letzter Vorwurf. Ich ging. Dem Hinüberwechseln eines Lebens beizuwohnen, mit der Absicht, von dem Sterbenden etwas zu entreißen, was für unsere eigene Reise in die Ewigkeit Nutzen bringen könnte, ist etwas für Diebsgesindel. Und in der Abschiedsumarmung (oh, wie feige diese letzte Umarmung ist!) übergeben uns die sterblichen Reste die einzige Sicherheit, an der uns gelegen ist: die Gewißheit, daß wir noch am Leben sind. Während Großmutter starb, schlief ich. Sie starb so wie alle anderen, und nichts daran ist es wert, erwähnt zu werden. Ihr Leichentuch war ein nach Alter riechendes zerknittertes Bettlaken.

Später, als ich aus der Kapelle kam, habe ich sie nicht geküßt. Ich berühre keine Toten. Wenn ich an das Innere jener Grabnische denke, sehe ich ein Paar alte Schuhe, einige Stoffreste, eine Haarnadel, den Ehering des Duce. Was das übrige angeht, so glaube ich nicht, daß Antenora dort ist.